打牛棒

夜川霖 著
紀尋 繪

推薦序　為了能住得安穩，你願意犧牲素未謀面的孩子的命嗎？

《德吉洛魔法商店》作者　山梗菜

如果各位讀者朋友們曾經接觸過道德思想實驗的話，那麼應該對所謂的「電車問題」並不陌生。這個問題的內容是有一輛無法停下來的電車在軌道上疾駛而來，前方有兩條上面分別躺著綁了一個人還有綁了五個人的軌道，而你只能用操縱桿控制它衝向其中一邊，在犧牲一個人的命還有犧牲五個人的命之間做出選擇。

這個故事的狀況有點不一樣。如果犧牲兩個無罪的孩童的命，可以讓一座城鎮的居民生活更加安穩，不這麼做就會為居民帶來災厄，那麼你會答應這個條件嗎？

那麼再換個問法，如果犧牲兩個孩童的命可以讓一間建商的房子蓋得更好，那麼你會答應嗎？

這個故事的主角們當然不會答應這種事，一般人想必也不會。如果知道所謂的讓居民生活得更安穩的方法，事實上也只是滿足生意人自身欲望的藉口的話，相信誰也不會讓這種可怕的犧牲發生吧。在面對完全沒有道理的犧牲還有社會最巨大的黑暗面的來襲，還只是高中生的少年少女的兩人會如何行動呢？真的有人可以阻止如此荒謬的獻祭一再上演嗎？

結合帶著詭異與懸疑的民俗風設定還有現實社會問題的題材，進入這個故事的世界後，等著你的或許會是另一個刺激的發展。打生樁的儀式雖然荒謬，但為了某些人的欲望而犧牲無辜弱者的性命的戲碼，或許已經在現實社會的某處上演過無數次也不一定。

推薦序　衝撞迷信的小甜蜜——《打生樁》

佛光大學世界華文文學研究中心主任　林明昌

讀小說有各式各樣的不同樂趣，《打生樁》這部小說給讀者的樂趣是「輕愛情小甜蜜」、「懸疑推理」，再加上「動作打鬥」。

自幼稚園時種下的情愫，直到可以傾訴情意的高中時期，遭遇到的驚人事件給予他們互表心聲的機會。故事的主要人物是高中生，一連串的意外與冒險，串成青少年冒險故事，或許作者特別喜歡青少年生命階段所展現的動力，也或者是唯有青少年澎湃不安的生命才能表現出故事詭譎的張力。然而一定也有年輕朋友閱讀時，對當中小小的輕愛情，感到盈盈的甜蜜。

懸疑推理與辦案細節是小說著力最深之處。小說開頭就出現驚悚情節，接下來的謎樣的人物、謎樣的事件、謎樣的場景不斷跳出，構成一波又一波推動故事發展的動力，也是一陣又一陣吸引讀者好奇的強烈吸力。小說的氣氛瀰漫在民俗迷信的詭異禁忌及推理辦案的理性邏輯之中，還觸及到人性對記憶、原諒與親情的糾葛。

打鬥描寫也是小說的特色。描述的文字使讀者在心中上演一幕又一幕時快時慢的動作影片。在作者細緻的動作敘述與分鏡轉換之下，彷彿電影聲光畫面在眼前一一上演。

至於小說有沒有故事之外更深刻的寓意？在我這種老讀者眼下，還是讀出令人深思的人生況味。

二〇二三年二月二十八日於大湖

目次

楔子

雨輕輕落在屋簷上，雜貨店裡的老闆娘驚醒時，新聞正在宣布即時性的豪雨警報，還沒等她反應過來，店外鐵架的雞蛋早已被水淹沒。

站在海堤觀浪的遊客儘管早有備傘，仍被這場大雨給澈底淋濕，紛紛焦躁地躲進騎樓下，所幸導遊說雨後的翩木鎮會被霧氣籠罩，從海堤望向城鎮將有一種朦朧美，這才稍微平復眾人的情緒。

此時他們除了雨聲，還聽見了響亮的敲擊聲迴盪在整座城鎮，如果跟著聲音走，便能來到一棟雙層的幼兒園，庭院前毫無生氣的迷迭香盆栽，與中庭綻放的繡球花形成強大反差，透過大門可以看見教室裡的孩童正隨著老師指揮合唱，但頻頻受到牆裡的老鼠打斷。

教室外，身著雨衣的老師傅掄鎚敲下磁磚，一旁的徒弟則小心翼翼地撿起碎片，扔進手中的大麻布袋，不久後師傅疲倦地放下鎚子揉著腰，徒弟見狀趕緊接手繼續幹活，如果不是園長開價誘人，讓他們盡快處理，師徒倆也不想在這種雨天工作。

徒弟訓練有素、動作劃一，專注在有問題的磁磚上，不料後背被人推了一把敲壞了牆壁，師傅見狀嚇得腰都不疼了，徒弟則左顧右盼找不著推自己的人，反倒是風莫名地變得聒噪了起來。

師傅發現牆面不只碎裂凹陷，還有道不尋常的裂縫，他順著牆壁裂縫摸，沒想到牆面會頓時碎裂，一股濃烈的腐朽氣味也隨之而來，讓兩人忍不住乾嘔。

雖然不知道原因為何，但倘若整面牆都有問題，那勢必要進行補強，於是師傅命令徒弟去車上拿工具過來檢查，自己則留下來確認損壞狀況。

師傅從腰間掏出手電筒後，小心翼翼地觀察毀損處，赫然發現牆裡還有個小空間，空間深處掛了個坑坑疤疤的麻布袋，袋子上面還爬了一隻大老鼠，邊咬麻布袋邊與師傅乾瞪眼。

老鼠咬了許久後，麻布袋終於經不住摧殘地掉落，沒想到袋子裡藏著一名被麻繩垂掛的男童，模樣就像屠宰場裡懸掛的豬隻。男童雙眼被挖空，下顎癱軟地張開，暴露嘴裡那隻貪婪啃食舌頭的幼鼠，腹部裡也在劇烈蠕動著，大批小老鼠注意到有人正在觀望後，紛紛從側腹的破洞探頭，無數雙眼睛被燈光照得發亮，嚇得師傅跌坐在地。

「出什麼狀況了嗎？」年邁的園長撐傘站在師傅身後問道。

「老闆……你這裡面——」

園長見到牆壁裂縫時，臉色頓時變得相當驚恐，手中的黑傘也隨風而去。

六月的海上已然開始起霧，另一側的山林也被霧氣繚繞，到了隔天雨勢趨緩後，霧氣就會順著山壁斜坡降臨在整座城鎮。

目次

第一章

失蹤

（一）

（六月九日，上午七點）

盧俊義始終無法喜歡上這座城鎮。

小時候，翩木鎮只是個近千人居住的村落，能仰賴的交通工具僅有兩班公車，便利商店更是一間都沒有，只有汪老先生開的雜貨店，可以在放學後跟好友來買飲料，小學生零用錢不多，大家零錢湊一湊能買大罐舒跑，彼此坐在樹陰下分著喝，直到那些大樹被建築工程剷除。

他曾聽奶奶說西邊的海洋充斥水鬼，爺爺就是被浪給捲走的，恰巧那天海上起了霧，所以海霧是為了掩護祂們行動而起的，至於為何霧氣會上岸，祖母認為是沿海工程打擾水鬼的安寧，所以才會如此激進。

俊義又問山上的霧是從何而來？奶奶說那是山神的怒氣，肯定是有人對山林做了什麼不尊敬的事，否則山神絕對不會生氣。

還記得十二年前翩木村首次起霧，海面的霧氣席捲了整個村落，街道因此籠罩一層薄紗，將夜晚變成無法窺視的深淵，當時居民們第一次遇到這種狀況，所以發生了不少憾事，其中最讓人印象深刻的，就是周姓兄妹失蹤案。

鄰居都認識那對雙胞胎兄妹，如果你恰巧住在那條街上，就一定看過他們手拿冰棒對一旁空氣說話的模樣，街坊鄰居都知道那對兄妹特別，嘴上說著他們天命不凡、將來必成大業，私下卻要求自己孩子不要靠他們太近。

奶奶替周姓夫婦感到惋惜，夫妻倆努力打拼，希望將來搬到大都市給孩子更好的生活，沒想到兄妹倆會從此消失在大霧之中。

由於城鎮幾乎每年都會起霧，居民們也開始習慣這種生活型態，學著如何在霧天維持日常生活，兄妹倆的故事就在村子發展為城鎮的過程中，從人們視野中淡去。

但俊義偶爾還是會想起那件事，因為兄妹倆失蹤後不久，村子裡的霧氣便澈底散去，而海堤與觀景臺也在幾個月後順利完工，海堤也變成了居民經常往返、欣賞日落的好去處，雨後海霧更是美不勝收，網上傳來傳去，久了就成為觀光客的拍照聖地，這裡開始變得繁華熱鬧。

但對俊義來說，不論是小時候那規模不大、可以跟朋友到處冒險娛樂的翩木村，還是現在發展鼎盛，熱鬧非凡的翩木鎮，他都無法喜歡上，而他自己也不清楚原因為何。

「警方於昨日下午封鎖翩木幼兒園，並從牆內搜出一具男童屍體，據查證其身分為六個月前失蹤的莊姓男童。」

俊義看著晨間新聞，緊握馬克杯的手懸在半空中，冷汗自額間滑落。翩木幼兒園是他跟妹妹的母校，園長是個老好人，經常塞糖給小孩們，也會讓孩子拿麥克風幫忙廣播，俊義就曾偷拿麥克風飆唱，搞得全院上下人仰馬翻，園長也不曾責備過。

「我是有聽說林先生因為妻子過世，再加上身體狀況不好，所以這幾年變得陰陽怪氣的。」母親將烤好的吐司抹上巧克力醬後一口咬下。

園長變得怪異這件事，俊義當然也知道，還曾在暑假期間，親眼看到園長痛罵把玩麥克風的小孩，手原本高舉像是要打人，但又遲遲沒有下手。

「我覺得很奇怪，為什麼要冒著風險把屍體藏在牆壁裡？」俊義面有難色地喝了口茶，母校變成案發現場竟會令心情如此複雜。

「我又不是他，怎麼可能會知道。」

母親轉到談話性節目，來賓正激動地跟主持人說朋友的親身經歷，這位朋友曾因為車禍而陷入瀕死狀態，沒想到他居然看見了死去已久的老婆，但他很快就在醫院裡被搶救過來，老婆也因此消失不見，後來去宮廟求神問卜，才知道當時老婆是來迎接他的。

正當兩人專注在看電視時，換好校服的妹妹悄悄地從房裡出來，抱起餐桌上的平板準備看昨晚未完的影片，不料俊義早已注意到她，飛快地上前將平板拿走。

「要上課了。」俊義將影片暫停。

「我看完這個就好。」

「再不出門就要遲到了，妳想被罰嗎？」面對俊義的問題，好璇不甘願地搖頭，「東西都帶了嗎？拿來我檢查。」

好璇打開背包，並從胸前掏出一個媽祖的護身符後，俊義才滿意地點頭，拉著她出門去搭車。

整條街道瀰漫著一層濃厚的霧氣，讓可視距離頂多到五家店外的十字路口，車道也只有零星幾輛汽車在行駛，反倒是機車數量依舊很多，使得行人只敢小心翼翼地靠牆走。

起霧的日子是兄妹倆最討厭的時刻，好璇四處張望顯得有些不自在，俊義也有股說不出的厭惡感，真想念去年，是這十二年來唯一沒有起霧的一年。

兩人抵達站牌時公車正巧到站，好璇興奮地跳上車，俊義則是看著妹妹的背影，突然有種熟悉感，他左顧右盼，不明白為何會有這種感覺，好璇也疑惑地望著，直到司機不耐煩地要他們趕緊上車。

刷卡後，俊義讓妹妹坐在僅剩的博愛座上，自己則拉著吊環思索熟悉感從何而來，明明往年翩木鎮起霧時，他都不曾有過這種感覺，是因為晨間報導說今年的霧氣跟十二年前的規模相同嗎？

而十二年前的他，曾迷失在霧裡。

國中畢業的那天夜晚，俊義夢到自己身在海岸邊，前方景色完全被霧氣掩蓋，他只能驚慌失措地狂奔，希望哭喊可以穿透此起彼落的海浪聲，傳遞給任何一個人聽見。

原以為只是場單純的惡夢，不曾想那天起就經常做相同的夢，但他絲毫不記得自己年幼跑到海邊過，畢竟在海堤完工前，那裡是翩木村的禁區，除了危險的十五公尺高度外，浪潮也相當洶湧，颱風天的浪甚至能拍打上岸。

俊義跟家人闡述了這個困擾，這才得知自己在十二年前失蹤過，但他卻對此絲毫沒有半點印象。

根據家人的描述，那陣子他們特別忙，父親每天都在工廠加班到很晚，母親在醫院待產，奶奶也剛好去進香了。因此撇開平日上學，俊義假日都會跟朋友出去玩，就連村子起霧都會往外跑。

直到有天俊義沒有回家，同學們也都說那天沒有看到他，慌張的父親報了警，自己又跑遍了各處卻一無所獲。

那段日子他們非常煎熬，公司准許父親請假四處奔波，母親急得想跑出醫院，奶奶每天跪在媽祖婆面前祈求孫子平安歸來，就這麼過了幾天，恰好在那對雙胞胎兄妹失蹤的隔天，俊義被人發現昏倒在打烊的雜貨店門口。

公車過了六站後抵達翩木鎮的核心商圈，五年前財團進駐這裡，讓百貨公司與商業大樓如雨後春筍般建起，城鎮頓時變得熱鬧非凡，許多人為了到這裡工作而搬到附近，國中時他跟朋友放學也經常來這裡鬼混。

之後又過了兩站，妤璇便在這裡下車，她就讀的海樹國小距離站牌約七百公尺，俊義照慣例地提醒她趕緊到學校，別在路上逗留以免危險，弄得妹妹不耐煩地下車後，他才回到座位上。

就在車輛準備離開時，突然有人拍打車門，力道之大讓車內所有人都嚇了一跳，司機也趕緊開門。

一名女孩走上車，烏黑的長髮平順絲滑，讓俊義莫名感到心驚，對方刷完卡後眼神掃過全車乘客一眼，在跟俊義對眼的瞬間周遭彷彿靜止了，他望著對方深棕色的雙眸，精神頓時有些恍惚，一道相似的身影隱約探出記憶深處。

那是名同樣留著黑長髮、擁有深棕色瞳孔的女童，在那條無盡的海岸邊帶領他在霧中前行，最後對方在一處區域停下腳步，指著腳下那根插在土裡的木頭，眼神充斥著不明的期盼。

回過神時，女孩已經坐在他身旁的空位。

雖然他異性朋友很多，平時也經常跟女生聊天嬉鬧，但此時卻異常感到緊張，手心裡全是汗水。女孩身穿同校的高中制服，可他卻絲毫不記得自己在學校裡看過對方。見女孩對自己不敢興趣的樣子，他便轉頭看向窗外，才不會讓自己像個變態。

「從這裡可以看到什麼嗎？」就在公車準備抵達高中時，女孩突然對他說道。

「什麼？」俊義不解，眼前的女孩卻面色平靜，絲毫不帶一點情緒，「妳什麼意思？」

公車靠站後女孩逕自起身，無視俊義的提問刷卡離開，搞得滿臉疑惑的他忘了下車，就這麼被載到下一站。

（二）

（六月九日，下午四點十五分）

放學時的俊義仍看著窗外發呆，讓朋友都疑惑地討論著，畢竟這傢伙不但整天如此，放學了也不像以往提前收好東西，等鐘聲一響就衝出去。

跟他說話總像出魂似地在複讀，下課就找各種理由往外跑，中午找他去體育館打球時，連擅長的切入都表現的亂七八糟，別說投籃了，就是運球都能運到別人手上，朋友們簡直不敢相信，他從沒這樣過。

這傢伙很明顯在思春，眼神整天都像在找誰，找不到就顯得很失望，讓朋友都很好奇對方是何方神聖，畢竟俊義在異性之中人氣不低，對他有好感的人很多，但從沒見他跟哪個女生曖昧過。

對此俊義自己也說不出原因為何，只覺得都沒對到胃口，因此常被朋友調侃說只要有妹妹就不需要女友了。

眼看俊義準備回家，兄弟們趕緊上前抓住他，逼問他整天都在想什麼？窗外除了霧茫茫一片有什麼好看的？是不是在想哪個女孩？那女的長怎樣？身材如何？同校嗎？同年嗎？不會跟妤璇一樣是小學生吧？

被這麼問俊義實在說不出，自己確實在想早上遇見的女孩，下課外出跟打球出神，皆是想在人海中尋找對方的身影，畢竟他們都讀同一間高中，在怎麼樣肯定也會遇到吧？結果還真的遇不到，就連高一跟高三的樓層都沒看到，這讓他更疑惑那女孩到底是誰了。

但說這些一定會被當笑話，所以俊義只能找機會掙脫，也幸好班上沒人腳程比他快，讓他得以連滾帶爬地逃出學校。

他漫無目的地游走在街道上，翩木鎮十二年來的發展規模飛快，人口數激增，為了因應過多的移入人口，建商也加緊腳步地建造了許多住宅大樓，這讓原先就住在這的人多了許多鄰居。

而這一切，都始於建商成功打造了海堤與觀景臺。

他來到海邊，及腰的圍牆設計成波浪造型，順著人行道望去，便可看見寬敞的觀景臺在遠方。整條海岸都沒有被霧氣籠罩，雖然原因不明，但每次城鎮起霧時這裡都如這般清澈。

傍晚的海風有些喧囂，路樹焦躁地抖動，他望著海霧散去的地平線沉思。

「從這裡可以看到什麼嗎？」俊義耳邊傳來一陣低語，嚇得他轉過身去，只見早上公車裡遇到的女孩站在身後，神色平靜地望著他。

「妳在跟蹤我嗎？」

「碰巧喔。」

「最好是……妳到底是誰？」
「我叫許文瀞，言午許，文字的文，水加安靜的瀞，你呢？」
「盧俊義，盧是……算了，我以前見過妳嗎？」
「早上才見過喔，你是不是有認臉障礙呢？」對於文瀞能平淡地說出這種挑釁人的話，俊義覺得好氣又好笑。
「我的意思是，妳之前應該不是我們學校的吧？」
「我最近才跟家人搬回來住，今天剛轉學到這所學校，是二年五班的喔。」
「就在隔壁班而已？」
難怪隔壁早自習一堆男生歡呼，該說他們是單純還是噁心？但更讓他疑惑的是，明明就在隔壁而已，為什麼在學校還是遇不到對方？
文瀞走到俊義身旁看海，黃昏是翩木鎮最美的時刻，夕陽下的海面波光粼粼，如果海上起霧夕陽將變得虛幻飄渺，那又會是另一種風光。
「你看到新聞了嗎？翩木幼兒園的牆壁裡藏了一具孩童屍體喔。」文瀞說。
「看過了，妳知道那間幼兒園嗎？」
「當然知道，我小時候在那邊就讀，是青蛙班的學生喔。」
俊義聽了忍不住翻白眼，又是隔壁班，這樣到底算有緣還是無緣？在他們還小的時候，翩木村的幼兒園也就這麼一間，村裡的孩子都被送進去就讀，搞得大中小班都要額外分好幾班，老師才好管理這些小孩。

「你還記得自己所有幼兒園的同學嗎？」
「有些還留在翩木鎮的記得，但大部分都沒聯繫了，所以我也不太記得了。」
「是嗎？」文瀞沉默了一會，才開口說道：「你有想過園長為什麼要把屍體塞在牆壁裡嗎？」
「不就是為了隱藏犯罪？」
「如果是為了隱藏犯罪，為什麼又要找人來敲磁磚呢？」文瀞看他一臉疑惑，便猜到這男孩沒怎麼追蹤這則新聞，「一個明明有能力敲磁磚跟挖牆壁，然後在恢復原樣的人，為什麼要找磁磚師傳來修補呢？」
「也許是因為園長老了？聽說他還有關節炎呢！」
「那你知道關節炎發作時就算用藥物舒緩，還是會痛得受不了嗎？想像一下膝蓋連彎曲都有困難，有可能追著小孩跑嗎？」
「妳想說的是……小孩不是園長殺的？」
「這只是猜測，但一身病的老年人又要殺童、又要把屍體封進牆壁裡，怎麼想都很奇怪喔。我在學校的時候看過新聞，最早的新聞寫說幼兒園這幾年的招生率極差，導致他們面臨關門危機，承受不住壓力的園長因此犯下不可挽回的罪行。後來的新聞則改口說今年幼兒園的招生率上升了，雖說還是不如以往，但確實有顯著提升，所以園長的動機應該與生意壓力沒直接關係喔。再跟你說一件很奇妙的事情吧。」文瀞意味深長地看著俊義說：「幼兒園開放登記的那天，跟男童失蹤的時間很接近喔。」
「妳的意思是……幼兒園的招生率提升，跟男童的死有關？而且背後還是有人幫園長出謀劃策？」

「你相信世界上有鬼嗎？」

「我……相信。」因為妤璇就是這樣的存在，文瀞的棕色雙瞳澄澈美麗，讓他就算想迴避目光，也始終移不開視線。

「那你應該知道世界上存在把活人獻給鬼神的儀式，用來祈禱降雨、平定天災、帶來財運或者是……建築順利。」文瀞像個街頭說書人，賣關子似地望著聽眾，「想去看看嗎？打生樁。」

打生樁三個字就像把鑰匙，解開了俊義記憶深處某道塵封已久的枷鎖，至於枷鎖封印的究竟是什麼，他尚不清楚。

他們沿著人行道向前，在夕陽尚有餘暉時抵達了位於北邊、地處偏僻的海堤末端，那裡有一座小廟，磁磚跟供桌髒亂不堪，爐上還插著些許香腳，像從灰燼裡長出來似的，參差不齊地聚集在中央。

一旁有個垃圾袋，裝滿鐵鋁罐、以及空的啤酒瓶，也許曾有群夜貓子，跑到了這塊安靜的地方狂歡，也或許是有個失去生活重心的人，在夜裡獨自來到這裡喝悶酒。

俊義到過這裡，卻也不曾駐足於此，沒人知道小廟為誰而建，只看過石碑上金色的平海兩字，在鐵欄杆後的供桌上熠熠生輝。

「海岸線能這麼和平，全都要感謝他們，是他們保護了這裡，使浪潮不再輕易搗毀圍牆，大家才能安心地在這裡觀海跟慢跑喔。」

「妳是說……這間廟裡的神嗎？」

「神？嗯，應該可以算吧？但他們曾經也跟我們一樣，都是普通人喔。」

「普通人也能當神？」

「人類一直都有祭拜祖靈的傳統，但打生樁不同，是把活人埋進土裡祈求建築順利的習俗，如果建造順利就會蓋廟或立碑感謝他們喔。但這座城鎮的居民們似乎都不知道這座小廟的由來，抑或者是不相信打生樁到了現代仍然存在呢。」

「那妳是怎麼知道的？」

「因為你的關係喔。」文瀞來到他面前，在耳邊小聲地說：「今年如果有孩童在翩木鎮裡失蹤的話，你會怎麼做呢？」

夕陽消逝在夏蟬鳴唱時，他們於海風中對望，文瀞自始至終都面無表情，俊義原本開口想說些什麼，卻沒能說出口。

（三）

（六月九日，晚上八點）

俊義回到家後立刻倒在沙發上，他在海邊沒有回答文瀞的問題，而是逕自離去，搭上公車回家。

「回來啦？你今天跟誰去吃飯？」母親從房裡探出頭問道。

「剛剛在處理一些事情，所以還沒吃晚餐。」俊義注意到沙發旁的行李箱，疑惑地問道：「妳整理行李要去哪？」

「剛剛你二阿姨打電話來，說外婆快要不行了，要我快點回去，你爸回國後也會來高雄找我，所以這幾天要麻煩你照顧妹妹了。」

「沒問題，話說家裡有吃的嗎？」

「沒有誒，我以為你在外面吃，就先跟妤璇吃過了，下次記得先傳訊息問一下，你自己出去買東西吃。」

「知道了。」俊義拿出錢包後，起身來到玄關。

「哥哥，我也要去買東西！」妤璇從房裡衝出來，飛撲到俊義的背上。

「妳上次不是說買那什麼漫畫，把錢都花光了嗎？」

「不然我跟著你幹嘛？」

雖然早就猜到妹妹有詐，但看她笑得這麼開心，俊義也不忍心叫她下來，便背著她出門去。

整條街道伸手不見五指，妤璇的好奇心爆棚，希望哥哥可以走快點，俊義聽了索性跑起來，眼前的未知區域會跑出些什麼？沒有人知道，所以才令人好奇。

妤璇興奮地大吼，俊義知道妹妹跟自己一樣喜歡追求刺激，所以跑的路上還刻意旋轉跳躍，等抵達便利商店時，俊義就累得跪倒在地，活力充沛的妤璇要求回家時再玩一次，但被他果斷拒絕了。

「哥哥，我可以買這個嗎？」妤璇拿了三條巧克力，跟正在看微波食品的俊義說：「我很久沒吃了。」

「三條太多了，買一條就好。」妤璇站在原地，眼眶開始變得濕潤，讓他只能無奈地說：「好，三條，不能再多了。」

妤璇這才展露奸詐的笑容，蹦跳著到櫃檯去，原本在記錄冰箱溫度的店員立刻跑來，刷完條碼後將燴飯塞進微波爐裡。刷巧克力時，店員注意到妤璇一直瞪自己，便決定親自將巧克力遞給她，但她始終沒拿，只是站在原地瞪著，一直到俊義輕拍她的肩膀，並從錢包抽出兩張鈔票結帳後，她才接過巧克力。

離開便利商店後，兄妹倆牽著手始終不發一語，以往妤璇只要有類似舉動，都會對俊義滔滔不絕說個沒完，但現在卻沒分享看到了什麼，讓他覺得有點奇怪。

一直到家門前，妹妹才開口說：「哥哥，剛剛那個人的背後……」

「妳又看到那些穿古裝的鬼了嗎？」妤璇點頭，每次起霧時妹妹都會看到相同的鬼魂，他才想今年怎麼沒聽妹妹提起而已，「那個店員的體質可能不太好才會被跟到，應該沒事吧？」

「應該沒事……」

「那就好，進屋前記得把巧克力藏好，以免被媽媽罵。」

妹妹把巧克力塞進衣服裡，一副此地無銀三百兩地姿態跑進家門，看得俊義搖頭苦笑，只能說妤璇這孩子真的很特別，附近的鄰居都聽說過妤璇嚇昏陳家女兒的故事。

陳家三口人住在附近華廈的三號六樓，陳家女兒原本跟妤璇是好朋友，除了就讀同一所小學外，也因為住得很近，經常會相約去附近的公園玩，累了就去便利商店買果凍吃。

兩年前陳先生值夜班時心肌梗塞，送進加護病房後沒兩天就過世了，妤璇便在告別式當天，對朋友說父親就在她身邊，甚至鉅細彌遺地將死者的模樣講了出來，原本是希望朋友心情可以好轉，沒想到反而把對方嚇昏，從那天起兩人便不再有交集，去年母女倆也搬出翩木鎮了。

可以說好璇是條粗神經，跟俊義不同，他從小就擅長討長輩歡心，知道如何開些無傷大雅的玩笑逗長輩開心，而他也曾好奇過好璇眼中的世界是如何，因此去年他在舅舅的喪禮上問好璇，可以看見逝去親人是什麼樣的感覺？但妹妹只是苦著臉沒有回答。

進屋後，他無視母親質問巧克力的事，逕自走到房內，享用晚餐的同時搜尋著打生樁相關資料。

先跳出來的是 YouTube 影片，內容是談話性節目，來賓跟主持人聊起了打生樁的概念，開工動土時難免會觸怒當地久居的生靈，因此會百般阻撓建築落成，嚴重時甚至會導致工人傷亡，這時只要祭祀活人，就能讓地基變得穩固，被活埋的人也會成為該地的守護靈。

俊義想起文瀞說的話，海岸觀景臺建成前，海邊經常鬧出人命，曾聽說過最誇張的故事是有位男子在釣魚時，被一股未知的力量拉下海，縱使當下放手了也沒能站穩腳步，就這麼墜崖被浪潮捲走。

「哥哥，我有些事想跟你說。」啃著巧克力的妹妹進房後，跳到床鋪上趴著。

「便利商店的事情嗎？」妹妹聽了點頭，接著又搖頭，「妳說吧！」

「就是……每次只要那些鬼出現，過不久城鎮就會起霧不是嗎？但今年感覺不太對勁。」好璇的話讓俊義不禁皺眉，不安感也油然而生，「祂們幾乎霸佔了我們學校，數量也比之前看到的還多。」

「那妳知道確切原因嗎？」

「上禮拜我跟朋友去逛書店的時候，就拉著她陪我去找祂們從哪裡來的，結果我發現祂們都聚在山腳下的工地裡，這也是我第一次看到祂們平時都聚集在哪。」

「畢竟以往我都會阻止妳嘛。」俊義無奈地說：「明知道自己體質很陰，下次妳就別去那些不乾淨的場所。」

「不會再去了啦！我也討厭那個地方。」妤璇朝俊義吐舌頭。

「最好是。」

如果妤璇說的是真的，那麼結合剛剛的影片跟文瀞說的話，那座工地也許是被不乾淨的東西纏上了，如果真的因此造成建築不順，建商會不會抓人去活埋獻祭？

「妳最近身邊有沒有什麼奇怪的陌生人？」俊義不安地問道。

「沒有，反而是老師跟同學們心情都很暴躁。」妤璇說：「而且上禮拜四還有聽到山那裡傳來超大的聲響，然後整個學校都在震動，把我們嚇了一跳。」

「聲響跟震動？」俊義疑惑，是有什麼東西倒塌了嗎？「妳確定真的沒有被奇怪的人跟蹤，或是糾纏嗎？」

「真的沒有，怎麼了嗎？」

「沒事，記得注意安全，每次起霧都很危險知道嗎？今天我要早點休息，洗過澡了嗎？」妹妹點頭，並表示出門前就洗過了，「那妳早點休息，明天才不會爬不起來好嗎？」

看著妹妹跑出房間，他拿出手機搜尋跟工地倒塌相關的報導，這才發現這件事真有上新聞，這起倒塌事故發生在中午，多數人都在旁邊用餐所以逃過一劫，但仍舊有兩名工人不幸離世。

他想看後續的追蹤報導，卻發現沒有新的，就連工人家屬的採訪都沒有，也只能就此作罷。洗澡時他緊閉雙眼，讓溫水沖刷腦袋，嘗試藉由冥想讓思緒緩和下來，然而文瀞的面孔卻不斷浮現，讓胸口頓時有股窒息感，他不清楚為何會有這種感覺，是因為曾經見過嗎？還是因為其他原因？

他幾乎不記得小時候的事情，母親說他自從被尋回後，幼兒園的剩餘時光就過得渾渾噩噩，沒有了原先的動力，也不跟任何人交集，家人還為此帶他去看病，至於他是怎麼被治好的？這點倒是沒跟家人確認過。

洗完澡後，他發現母親提著行李箱準備出門，便決定確認一些事情。

「媽。」俊義問道：「很久以前我不是失蹤過？」

「怎麼突然提到這個？」母親放下行李箱，站在門口疑惑地問道。

「有事想問，妳不是說我回來以後好像變了個人嗎？」母親點頭，俊義接著問：「妳還記得當初看病時，醫生是怎麼說的嗎？」

「你跟醫生單獨聊天時，說自己失去了很重要的東西，還說現在去學校已經不好玩了，而且都是你的錯，搞得我們每天都要逼你去才行，我們就想不透你那年紀是能夠失去什麼。」

「所以我到底失去了什麼？」

「為什麼突然想知道？」俊義聳肩，母親便繼續說：「醫生說你應該是被剝奪了什麼，所以我們就去檢查你的身體，發現你少了顆腎。」

「誒？」俊義摀著腰，臉色頓時變得鐵青。

「開玩笑的，你身體健全，沒少東西啦！」母親露出奸詐的笑容。

「我真的很怕妤璇以後會像到妳……」

「說這什麼話，女兒像媽媽有什麼不好？總之醫生說你陷入一種極深的自責感，卻問不出自責感的來源是什麼，就只能先開藥給你吃，但效果不好就算了，你還整天昏昏欲睡的，醫生就建議我們找個東西轉移你的注意力，如果找到替代品也許能填補你的內心缺憾，我們就試了各種玩具，還帶你去很多地方玩，但你都沒反應，結果你猜後來我們給了什麼？」

「麻煩妳直接說答案。」

「妤璇。」

母親的話讓俊義疑惑地抓頭，雖然他的確跟妤璇非常要好，甚至可以說妹妹是他養大的都不為過，但為什麼他的缺憾可以靠妹妹補上？

「我知道你很疑惑，我們也是，但自從把照顧妹妹的工作全部交給你後，你真的就好轉了耶！還會主動去管她的大小事，換尿布你沒嫌過髒，泡奶粉你也沒喊過麻煩，半夜妹妹哭的時候還會半夢半醒地跑去哄她，我說給鄰居聽時他們都不相信呢！」

「所以我到底失去了啥，為什麼可以靠妤璇補上？」母親聳肩，無論失去的是什麼，現在人沒事就好，「好吧，也許有天會想起來，還有個問題，當初我被找到的時候，現場有沒有一個小女生？」

「不知道誒，你爸去警局的時候只有看到你，報案人好像也只有看到你而已，不過那陣子確實很多小孩失蹤，除了你跟一對雙胞胎兄妹外，還有一個跟你同幼兒園的小女生沒錯，至於後來有沒有找到就不清楚了。」

客廳頓時陷入沉默，時鐘的滴答聲，替母子倆的對談劃下句點。

俊義心煩地回到房內躺平，十二年前有個同幼兒園的女孩失蹤？許文瀞當年跟他同校，同時又知道海岸邊發生的事情，如果失蹤的人是她，就可以解釋今早俊義在公車看到對方時，腦海裡為何會浮現那段回憶。

但他又有股回憶裡的人不是許文瀞的感覺。

他越想腦袋越沉，身體隨著意識遠去飄向雲端，接著再重重摔入冰冷的水中，刺骨的感覺令他倏地睜眼，房內竟成了一片霧茫茫的空地。

搖鈴的聲響迴盪著，很輕很慢像首搖籃曲，他也隨著聲音前行，埋藏於霧後的是一張供桌，供桌後有些許人影隨著搖鈴聲走動，剎那間他聽到悶沉的敲打聲，像他小學時拿鉛筆盒修理學校木椅的聲音。

很快地，敲打聲就被淒厲的哭聲取代，哭聲來源是一名被五花大綁的女童，被大人們壓在地上嚎啕大哭。

人群中有名身著道袍、手持搖鈴的年輕法師，命人將女童推入一個坑洞掩埋後，眾人便合力扛起木樁對準活埋女童的位置，並由踩上梯子的工人掄鎚敲擊木樁，整座工地的鳥鳴頓時像在咆哮，海浪洶湧地拍上岸，將眾人淋得一身濕，可他們沒因此停下動作，一直到木樁被完整打入土裡，四周才逐漸恢復寧靜，彷彿先前的天翻地覆只是幻象。

此時工人們像是察覺到局外人，不約而同地看向了俊義，嚇得他拔腿狂奔，卻因為霧氣遮擋而看不清前方，等察覺自己踩空時已經跌落懸崖，工人的交談聲在逐漸消逝，工地景色正隨霧氣漣漪，口鼻也因為海水侵入而備感窒息，他掙扎著想浮出水面，水流卻無情地將他拉向深海。

此時，海底突然升起了大量氣泡撐起他的身體，頭上則有兩個體型相似的嬌小身影逆光朝這裡游來，他下意識地伸手要抓住兩人，但在手掌接觸的瞬間被一股惡寒襲向全身。

「你的時候未到。」

他聽見耳邊有人低語，接著便從夢中驚醒，早晨的空氣透著一絲清冷，他想起身卻赫然發現好璇在身旁熟睡著，這其實並不罕見，以往妹妹只要在半夜被惡夢驚醒時，也會像這樣跑來鑽被窩。

他小心翼翼地下床，坐在書桌前回憶著剛剛的夢境，窗外的霧氣沒有半點光亮，示意著晨曦還尚未透出。

（四）

（六月十日，上午七點）

室外的霧氣比昨天更濃，可視距離變得更短，所以今日公車停駛，兩人必須提前出門才能騎腳踏車準時到校。

俊義原本也想提早出門，偏偏好璇完全叫不醒，害他只能把果醬吐司塞進妹妹嘴裡後，匆匆忙忙地帶著她跳上腳踏車。

他們經過有著許多自助洗衣店的巷子，騎到大路時號誌正巧轉為黃燈，雖然路上的車輛不多，但俊義還是狂按車鈴表示自己要闖黃燈，準備左轉的機車是停了，唯獨前方路口的行人擋在正中間，嚇得俊義緊急煞車，好璇也險些飛出去。

文瀞佇立在斑馬線上，神情淡定地注視著俊義，接著眼神游移到後座的好璇。

「妳瘋了是不是？很危險誒！」俊義有些惱火，他是真心搞不懂這女孩。

「我是綠燈才走的喔。」

「我剛剛有……算了，妳怎麼會在這？」

「碰巧呢。」

「最好是……哪有每次都這麼巧的？」

「真的喔，我家就住附近而已，然後你的方向不是往學校去吧？既然能在這裡相遇，想必你也睡過頭了喔。」

雖然睡過頭的人不是俊義，但把妹妹抖出來又很不厚道，讓他只能煩躁地調整重心後，準備繞過對方繼續趕路，不料文瀞先行繞過俊義，伸手捏向好璇的臉頰。

「妳是海樹國小的吧？雖然我還在念幼兒園時就離開了翩木鎮，但我原本也打算去那裡唸書喔，妹妹喜歡那邊嗎？順帶一提，姐姐我聽說那間小學很糟糕，安全意識很低，就連做事都慢半拍喔。」

「夠了。」

俊義推開文瀞後，飛快地踩踏板離開，好璇看著文瀞消失在迷霧之中，輕輕地摸著自己的臉頰，她總覺得文瀞在捏臉的過程中，像是想起什麼似地眼眶有些濕潤。

兩人來到海樹國小的公車站牌後，妹妹便直接下車了，以往她都會自己走到校門口，這樣俊義就能接著趕路，不需要在特地繞回大馬路上。

妤璇沿著人行道踢小石子，課本說過河水可以沖刷出漂亮的鵝卵石，那她能不能藉由這種方法弄出小圓石？才剛這樣想，石頭就掉進了石磚縫隙內，她只好枯燥地繼續前進。

等來到校門口時她赫然發現鐵門沒開，就連警衛都不在崗位，她朝著校園內叫喊，可周圍不但沒有其他學生，就連平時會站在校門口的老師都不在，雖然她是遲到了沒錯，但這冷清的感覺詭異到令人不安。

眼看沒人回應，她便繞到學校旁邊的巷子裡，那裡有一處圍牆比較矮，還有很多汽車停在路邊，她挑了一輛破舊的轎車踩上去，將書包扔進圍牆準備要跳上去時，突然注意到身後有道人影，嚇得她轉過頭去，雖然輪廓被霧氣弄得有些模糊，但對方不是鬼，而是一名手提行李箱、西裝筆挺且戴著口罩的中年男子站在那。

「對不起……這是你的車嗎？」

妤璇不安地問道，然而男子只是一直盯著她像在思考著什麼，她見狀趕緊奮力一跳爬上圍牆，但仍舊被對方一把抓住。

西裝男熟練地用手帕摀住她的臉，另一手則緊緊扣住她的腰，剎那間整座城鎮都在旋轉，妤璇的四肢開始變得無力，直到周圍的霧氣澈底蒙了雙眼。

待妤璇不再反抗後，西裝男便將她藏進行李箱內，接著翻牆拿走書包，與行李箱一同消失在了迷霧之中。

當前去檢查火災警報器的警衛回來時，剛好有名家長帶著兒子趕到，警衛告訴對方今天因為霧氣太重，政府在今早宣布停課了。

俊義抵達學校時發現校門是關著的，便準備要前往老位置翻牆，此時上完廁所的警衛剛好回來，他才得知政府宣布停課的消息。

「看來今天停課喔。」俊義聞聲轉頭，看見文瀞站在身後，不禁為對方的腳程之快趕到驚訝。

「妳早就知道今天停課了嗎？」

「不知道，睡過頭了所以沒注意新聞，如果知道的話我就不會出門了，也不會差點跟你發生車禍喔。」

在他們談話期間，又來了一名騎單車的學生，由於停課通知發布的太過倉促，不知情而趕來上課的人還是不少，俊義也沒理由繼續質疑文瀞，打算回海樹國小接妹妹。

他調轉車頭，文瀞卻自動坐上後座，聳肩表示海樹跟她家順路，載她一程也不會少塊肉。俊義起先不願意，但想到可以問十二年前的事，就決定暫時不計較。

「昨天我問妳以前是不是見過面，感覺妳避重就輕的回答了，現在我再問妳一次，我們小時候到底認不認識彼此？」面對問題，文瀞選擇沉默，「不說我就把妳趕下車。」

「好喔。」文瀞說完直接跳車，讓俊義當場傻眼。

「等一下，妳就這麼不願意回答嗎？」

「沒有不願意，只是我沒辦法回答，那就沒理由繼續搭便車了喔。」一如既往地面無表情，每句話都說得輕描淡寫，完全看不出這女孩到底什麼情緒，但他卻有種懷念的感覺。

「抱歉，我是開玩笑的，就只是問問而已，沒有要把妳的回答當酬勞。」俊義邀請對方回到後座，文瀞聽了倒也爽快地坐回去，「我們曾經一起在海邊迷路過嗎？」

「為什麼你這麼想確認這件事？」

「因為我感覺自己曾經在海邊見過妳，但不知為何，我感覺那個人好像又不是妳，所以想確認一下。」文瀞聽了陷入沉默，俊義頓時覺得自己不該鑽牛角尖在這問題上，「所以妳為什麼會研究打生樁？昨天又是為什麼要跟我說這些？這總該有辦法回答了吧？」

「因為我有需要你幫忙找得東西喔。」

「妳想找什麼東西？」

「對我來說非常重要的東西喔。」俊義頓時感到好奇，如果這女孩也在十二年前失去了什麼，那跟他會是相同的東西嗎？「但看來是無望了，畢竟你根本不記得十二年前的事，所以我應該是找不到了呢。」

「所以妳想找到的東西是什麼？」面對提問，文瀞再次沉默，「妳倒是說點什麼啊！為什麼非得等我自己想起來不可？搞不好妳說了我會有印象。」

「你知道十二年前共失蹤了四個孩子嗎？」俊義點頭，文瀞接著問：「那你知道一共有多少人被找到嗎？」

「原本我想說只找到了一個，但其實找到了兩個人對吧？」文瀞又沉默不語，俊義只好安撫自己不要生氣，然後換個話題：「妳知道那對失蹤的雙胞胎去哪了嗎？」

「老人家們都說沿海地區有很多水鬼，所以當初在建築時理所當然地不順利，因此建商就決定要做打生樁，而那對雙胞胎兄妹，應該就被埋在那座小廟下面喔。」

「等等，妳的意思是……那座小廟祭拜的就是那對兄妹？」文瀞點頭，俊義頓時背脊發涼，回想起昨日的夢境，內心更加不安了，「所以……我跟妳只差一點就要變成那間廟祭拜的對象了？」

文瀞聽了沒來由地跳車，推開俊義快步離去，雖然他被這女孩的各種反常行為弄得相當惱火，但身體仍舊老實地追上去道歉了。

兩人直到抵達海樹國小，都沒再說過半句話，文瀞下車後更是連句謝謝都沒有地直接離開，讓俊義有些無奈。

他來到校門口時發現妤璇不在，便拿出妹妹的照片問警衛有沒有看到人？警衛卻搖頭說沒看過，恐懼跟不安感頓時襲來，他緊張地說出妹妹的班級後，拜託警衛去校內找人，自己則跑遍圍牆外，卻始終沒看到妹妹在哪。

回來後警衛表示教室裡沒人，便開始調閱監視器，發現大約十一分鐘前，妤璇的確到過校門口，但因為沒人便離開了，只是去了哪裡卻沒拍到，其他監視器則因為霧氣濃厚，什麼都沒拍到。

「你當時去哪了？」俊義氣憤地抓住對方衣領想要個說法。

「校內的火災警報器一直叫，所以我就跑去看看。」警衛自知理虧，所以始終沒有還手。

「你們沒有其他人可以檢查嗎？明明就知道會有人來，為什麼這裡還沒人看守？」

「你這樣生氣也沒用，她沒留在校門口等我也有問題。」

「你說這什麼話？現在人不見了，你打算怎麼負責？」

「是能怎麼負責？我也不能陪你一起去找人啊！」

俊義聽了抬手準備打人，卻被人從後架住，一口氣拉到了警衛室外。

「你如果打下去人就不用找了，會先去蹲警局喔。」文瀞指著警衛說：「而且他只是沒還手，如果還手你就會從警局換成醫院了喔。」

「我……」俊義懊惱地捂著臉說：「妳很煩誒！為什麼要回來？」

「你想自己找妹妹嗎？我沒意見喔。」說完文瀞便鬆手，邁開腳步準備離開。

「等等。」俊義及時抓住文瀞的手，原以為會被甩開，但對方只是站在原地看他打算說什麼，「對不起……拜託妳幫我一起找。」

「你知道她平時放學後會去哪裡嗎？」

「大概知道。」

「很好，交給你帶路了喔。」

俊義離開前不忘瞪警衛一眼，對方整理完衣服後，故作鎮定地回到位置上，原本還想繼續看劇，但很快又滑掉串流平臺，若無其事地看起工作日誌。

兩人再次登上腳踏車，跑遍所有好璇放學會去的地方，但始終沒有看到她，俊義又沿路問每個路人跟店家，但在這片雪白薄紗之中，就算曾擦肩而過，又有誰能看清對方去了哪裡？

眼看尋人無果，俊義驚恐地靠在牆邊，又哭又叫地模樣讓路人光是聽見就不敢靠近。

「妳說她會不會是被綁架了？我該怎麼辦？她如果遇害了，我——」

「我不敢說她一定是被綁架，畢竟我不是當事人喔。」文瀞表情一如既往地平靜，雙瞳像是可以看透心靈，讓俊義稍微冷靜了些，「但我也不保證一定不是綁架喔。」

「為什麼妳要補後面那句……」俊義原先冷靜的情緒又被打入谷底。

「因為我們要設想最壞的可能性，如果真的是被綁架，不管是被誰綁走情況都很糟糕喔。」文瀞一把將俊義拉起來，讓他再次被對方的力氣給嚇到，這女孩並不像外表看來那麼無力，「我們要先去找幫手，而不是待在這裡自暴自棄喔。」

「幫手？」

「至於對方是幫手還是敵人，就得親自去確認才能知道喔。」

（五）

（六月十日，上午十點）

「所以你們附近都找過了嗎？我的意思是，她會不會只是去到比較遠的地方玩？」

兩人在警局內報案，負責接待他們的是位吊兒郎當的警官，嘴上始終掛著假笑，腳上穿著夾腳拖，平時執勤穿的皮靴像曬魚般掛在桌子旁邊，不用想也知道今天大人不在家。

「可是大哥，我妹妹她平常不會——」

「現在天都亮的，她有沒有在外面玩一整天，到天黑才回家過？」

「沒有，就算要出去也都會報備，絕對不會突然不見。」

「那還是有過囉？只是這次沒跟你說而已，再去找找看吧！搞不好時間到她就自己回家了，不要緊張啦！」

俊義憤恨地瞪著對方，電腦螢幕上的建檔資料已經開很久了，但這人從頭到尾沒在打字，明顯是懶得理學生，想方設法地要打發他們離開。員警注意到俊義的眼神後，面露期待地等他動手打人。

「我沒記錯的話你們流程有規定，只要是有疑慮來報案，你們都有義務要建檔跟做訪談筆錄喔。」原先保持沉默的文瀞，指著電腦螢幕說：「從我們到這裡開始算，已經過去十分鐘了喔，你檔案開著是單純覺得好看嗎？還是看著就能得到優越感呢？」

「誰跟妳說的？萬一你們報案結果搞烏龍，那是不是浪費我們的時間？」

「就算是烏龍你也有義務要處理，而不是看我們還小就想打發，這是之前住臺北時，我認識的大安分局長說的喔，你想親自問他嗎？」

文瀞拿出手機，通訊錄清楚寫著現任大安分局長的名字，下面的手機號碼就連員警也不知道是真是假，但他認為文瀞毫無情緒的臉皮底下，肯定藏著看笑話的企圖，便推開手機，將剛剛他們的對話內容記錄下來。

俊義有些訝異，因為這人雖然樣子兩光，卻清楚記得剛剛所有的對話，文案完成後對方要了好璇的照片，接著又問了些許問題，很多問題俊義都沒來得及聽懂，文瀞就幫他回答了。

「這樣就好了，我會再通知你們。」員警輸進電腦系統後急著想打發他們，但兩人並不打算離開。

「你不會去調查對吧？」文瀞說道。

「你女友的問題一直都這麼多嗎？」員警氣急敗壞地說道。

「我不是他女友，但你們警察會怎麼辦事我略懂，更清楚像你這樣的警察只會把事情拖到下班，等著別人來接手喔。」

「妳不要以為自己認識幾個官，就可以對我們勤務指手畫腳，臺北是臺北，管不到這裡，然後現在整座城鎮都是霧氣，調監視器也沒那麼容易看到東西！」

「但你還是有義務要去調閱跟做實地調查，順帶一提，我們想要跟著，希望你能通融喔。」員警氣得想起身趕人，卻被一名身材壯碩的男子阻止了，對方要他別忘記上個月跟民眾起衝突是如何被懲處的，這才讓他不甘願地坐下。

男子邀請兩人進到裡面談，便帶著他們來到一間休息室，還問坐在沙發上的兩人想不想喝茶？文瀞拒絕了，唯獨俊義點頭。

「妳很敢誒！年紀輕輕就跟警察嗆聲，平常應該是不良少女吧？」文瀞聽了聳肩，男人將茶包打開後放入杯中，「我叫張皓霆，是翩海分局的偵查隊長，你們怎麼稱呼？」

「我叫盧俊義。」

「我叫許文瀞。」

「那好，我直接叫你們名字沒問題吧？」見兩人點頭，皓霆才將茶遞給俊義，「泡太久會苦，早點喝完，那麼兩位，原諒我剛剛偷聽你們說話，所以聽到俊義你的妹妹在上學時失蹤了，我想問一下，你妹妹看得到鬼嗎？」

「我不懂你問這個要幹嘛。」

「回答就對了。」皓霆面帶微笑但語氣強硬，讓俊義只能乖乖點頭，「非常好，你們應該都聽說幼兒園的事了吧？園長現在被拘留在這，雖然測謊結果顯示孩童確實是他殺的沒錯，但你們不覺得奇怪嗎？一個將近七十歲、連拿水杯都會抖的老人家，為何大費周章把屍體塞進牆壁裡，而不是找個地方棄屍。」

「不是因為——」俊義的大腿被捏了一下，痛得他險些大叫，文瀞用眼神示意不要多嘴，他這才意識到應該保持警惕，「您說這些要做什麼？這跟我妹妹的事情有什麼關係？」

「你是真的不懂？還是單純在裝傻？」眼看兩人都面無表情地聳肩，皓霆接著問：「十二年前失蹤過的男孩，你對自己的過往記得多少？」

俊義嚇得有點想起身走人，卻被文瀞壓住了肩膀，時鐘齒輪的轉動聲迴盪在整間房，好似在提醒他們好璇的生命在倒數，而眼前的警察絕對不會輕易放他們走。

「我什麼都不記得了，家人說我小時候經歷過一場心理治療，那場治療讓我擺脫了某種創傷，至於是什麼創傷我也不記得了。」

「是嗎……」皓霆面色頓時有些失望，但很快就恢復笑容，「聽好，如果你想找到自己的妹妹在哪，就會需要我幫忙。」

「隊長可以怎麼幫？您知道些什麼？」

「雖說每年臺灣都有無數起失蹤孩童的案件，但很巧的是每年翩木鎮起霧時，都一定會有孩子不見，這範圍在八年前都還只是在翩木鎮上，後來開始轉移到了其他縣市，雖然大家都認為是互不相關的案件，但我為此走訪各處搜集資料，發現這些失蹤後無法尋獲的孩童，包含那個被塞進幼兒園牆壁裡的男童都有個共同點，就是身邊的人說他們似乎看得到鬼。」

皓霆的話讓俊義不安地雙手緊握，甚至轉過頭看向文瀞，希望對方的淡定神情能平復自己的情緒，沒想到看見的是文瀞眉頭微皺，略有所思地低著頭，模樣比起擔心害怕更像是悲傷，但這神情消縱即逝，俊義只能瞥到一眼，對方就變回了平時的模樣。

「對了俊義，你有跟家人說妹妹不見了嗎？」皓霆突如其來的問題讓他有些錯愕。

「還沒……但剛剛那個警察——」

「他相信妤璇只是自己跑去玩，所以不會通知喔，況且你打算怎麼跟家人解釋呢？因為許多天時地利人和的疏失，導致妹妹被壞人給抓走了，你覺得伯母會怎麼想呢？你要讓她再經歷一次當年的恐懼嗎？」

雖然俊義覺得這女孩盡說些落井下石的話，實在很不討喜，但也因為過於中肯而無法反駁。

「回報家屬是義務，但我了解你的顧慮，所以會暫時幫你隱瞞，可之後還是要說出口，知道嗎？」看著俊義不甘願地點頭，皓霆才接著說：「你們知道為什麼翩木鎮去年沒有起霧嗎？因為主要負責大型建案的元楷建設，發生了相當嚴重的意外，你們應該看過新聞吧？南萍路商業大樓倒塌事件。」

俊義點頭，他依稀記得去年三月的某天凌晨，自己從睡夢中驚醒時整棟房屋都在震盪，客廳傳來玻璃破裂的聲響，烘碗機裡的餐具撞開門，紛紛散落在地面上，妤璇恐慌地跑到他房裡，父母出聲問兩人狀況。

俊義還來不及回話，遠處就傳來劇烈聲響，讓妹妹嚇得嚎啕大哭，等地震終於平息後，很快就有同學在班級群組說房屋倒塌的消息，隔天新聞頭條就有更詳細的報導。

「那棟商業大樓完工不過四年而已，就因為那次地震垮了，據說是營造廠被逼著趕工，建商還有自信地說這樣絕對不會倒，才落得這般田地，而且那附近的商業大樓都是有人投資的，邱立委、辛沐科技的趙董以及蕭議員。這件事情鬧得很大，同時間建造的還有兩棟華廈，聽說也因為地震導致其中幾層的天花板塌陷，官司鬧到現在都還沒解決。」

「隊長的意思是去年沒起霧，就是因為元椿沒有進行大型建設工程？」

「沒錯。」

俊義緊捏褲管，讓布料吸收手心上的汗水，皓霆從自己的背包裡拿出一份資料夾，裡面放了許多複印的書本頁面，其中也有好幾張是跟原住民傳說相關的故事，從高山到平埔都有。

皓霆翻到其中一頁，指著臺灣地圖中某塊被紅筆畫圈標記的區域。

「你們都知道這裡是翩木鎮，也可能知道這裡原本是平埔族的土地，但如果你的歷史老師很愛說故事，就應該聽過平埔族有把後山跟家底下當墳場的習慣。」

「等等，你的意思是……環繞我們城鎮的那些山，甚至是腳底下……可能堆滿了屍骸？」

「腳底下的應該在好幾年前就清掉了，但山上的很可能都還在，儘管平埔族後來離開了，但翩木鎮仍然有許多土地是他們的長眠之處，也就是所謂的馬鄰地，按理來說這裡是不能住人的才對，但也不是每塊土地都是馬鄰地，只要繞過那些土地進行開發，依舊能建起小村落，然而村長跟議員都對此很不甘心，認為這裡應該要成為繁榮的城鎮才對，所以他們發起標案，期待有個建設公司可以解決這些問題。」

「隊長為什麼要研究這些？」俊義疑惑：「你想找到些什麼嗎？」

「我想找到答案，沿海的小廟你們肯定知道吧？海堤完工後那座小廟就莫名出現，我為此調查了所有失蹤人口，有報案跟沒報案、有紀錄跟沒紀錄的我全都調查了，然後非常巧合的，每次有孩童失蹤時都有工地，所以我懷疑元椿建設綁架孩童來做所謂的打生樁。」

俊義內心不安地打起冷顫，文瀞一把按住他的肩膀，並小聲地在他耳邊說：「冷靜點喔。」

「隊長，您要如何確定那些孩子……」

「你知道去年商業大樓倒塌時，他們做的第一件事情是什麼嗎？不是安撫進駐企業的情緒，而是想方設法回收被人找到的某塊石碑，很諷刺的是所有人都是直到大樓倒塌後，才首次看過那塊石碑。」

皓霆拿出一張照片，照片裡正是從商業大樓殘骸中找到的石碑，上面刻著金色的玉童兩字，模樣讓人想起沿海小廟的那塊石碑，而那座小廟就是十二年前，雙胞胎兄妹失蹤後建成的。

「只要翩木鎮還在發展，那就必須要跟馬鄰地抗爭，如果建廟沒用，建商就必須找新的方法以及新的信仰，帶領他們戰勝海岸線，帶領他們持續戰勝這塊土地。這些年我一直追查元椿的動向，就只為了找到他們的把柄，現在因為去年的事故，元椿的地位受到了前所未有的動搖，投資者損失慘重，所以要扳倒他們就得趁今年，你們需要我，而我也需要你們。」

皓霆說完翻開下一頁，塑膠套裡放了許多工地跟失蹤孩童們的照片，原來隊長這些年跑遍了各個工地，偷偷地觀察這群人怎麼蓋房子的，沒起霧的日子，遠遠地就能發現建商蓋房前除了基本的開工動土儀式，還會拿一鍋血灑在特定的方位，他有次問工人才知道那是雞的血，為了要獻祭生靈用。也許是因為雞沒什麼大不了，所以才會讓工人們隨意參與，但這招顯然不是對每塊土地都管用，所以才會需要獻祭活人，才有辦法確保工程順利。

皓霆也曾私下探查進去，但人實在太多，中央拼裝屋的門又有人把風，始終沒法更深入，他還曾在霧中奔跑時撞見一名保全，因此跟對方發生肢體衝突。想仰賴局中資源，又苦無證據申請搜索票，導致探查工地始終無法有實質進展。

「如果他妹妹不是被建商綁架，而是另有其他原因，隊長您該怎麼負責呢？」文瀞問道。

「我知道你們會有這種顧慮，我的確也無法肯定她是被建商綁架的沒錯，所以你們協助的這段期間，我會盡可能提供警方得到的消息，同時會積極地調派其他人尋找其他可能的線索，如果確定你妹妹跟打生樁無關，也會優先前去營救，這樣如何？」

皓霆朝兩人伸手，文瀞仔細思考後原本想拉俊義離開，畢竟這太危險了，他們對眼前的男人一無所知，就算要自己找也不該信任對方，然而俊義卻握住對方的手，絲毫沒注意到文瀞的暗示。

「我們應該怎麼做？」俊義問道。

「你們知道海樹國小附近有座工地嗎？就是山腳下那裡。」皓霆問道，俊義點頭如搗蒜，畢竟昨晚才聽妹妹說過，「那你們肯定也看過新聞了吧？那座工地發生了倒塌事件，然後隔天城鎮就開始起霧了，而那也是最靠近山邊、目前規模最大的建案，可當然，同一時間也有其他工地，我也不排除那起倒塌純屬意外的可能就是了。」

「那裡應該是您剛剛說的馬鄰地沒錯，我妹妹昨天晚上有說過，那座工地裡聚集了很多穿古裝的鬼。」

「非常好！」皓霆滿意地說：「那麼裡面就很可能會有打生樁的資料。」

「隊長您直說自己不適合進工地，希望我們兩個闖進去就好，不用繞那麼大一圈喔。」文瀞直接拆穿皓霆的打算，但並沒讓對方感到生氣。

「聰明，想必認識大安分局長是假的吧？妳難道不怕他真的打電話過去嗎？」文瀞聳肩，皓霆輕笑一聲說道：「今天霧濃，多數監視器都拍不到東西，而且工地估計在完成打生樁前都不會動工，你們兩個都是學生，被抓到頂多當成小情侶找地方偷情。就算今年真的是建商綁架你妹妹，但只要建商高層沒看到你們，只是被保全發現也無所謂，高層依舊不會太過懷疑。」

「所以我妹妹可能在工地裡嗎？」

「應該不會有人笨到把綁架對象，關在這麼容易猜到的地方，但你們也可以試著找找看，如果找到些什麼就跟我回報，假如裡面沒半點有用的證據就快點離開。我需要你們闖進工地主任的辦公室，等資料翻完要找妹妹的話，可以去倉庫看看，但務必要小心，倉庫離營造所很近，今天停工可能會有工人在裡面喝酒打牌，但是嘛……如果你妹妹真的在那，外面一定會有元樁高層守著，到時看到有人在守倉庫，就直接出來聯繫我，知道了嗎？」

俊義同意後，皓霆便傳訊息給部下，接著遞給俊義一支隨身碟，告訴他如果有電腦就挖資料，沒電腦就找紙本的，沒多久有名身著便服的男子來帶他們去停車場，皓霆則留在局裡繼續跟園長周旋，那傢伙直到現在還是不願說出其他共犯。

「你還不打算放棄嗎？」副隊長靠在隔壁房門口，看著兩位高中生走遠後，才用顫抖的右手掏出打火機，點火抽起菸來，「上面如果知道你又在干涉其他縣市的業務，你這次可能真的會被調職。」

「還有副局長支持我。」

「這些年你做的已經夠多了，不會到現在都還希望能找到他吧？」

「我不認為他還活著，甚至都不指望能找到屍體，但只有揭發打生樁，才算是給他跟叔叔一個交代。」皓霆打開走廊窗戶，點菸後咬著說：「有些事情你不管怎樣都忘不了，我可以明白那男孩的心情，家人因為你的疏忽而失蹤，將來不論過多久你都無法原諒自己，在親戚眼裡也只會是人人喊打的過街老鼠。」

「那你覺得他妹妹找得回來嗎？」

皓霆沒有回答，只是靜靜地看著窗外的濃霧，平時熟悉的街景現在連個輪廓都看不見。老一輩常說山會起霧是因為山神憤怒，那降臨城鎮的這些年又是為什麼？翩木鎮逐漸鼎盛，華麗的市容包裹了受害者的內心深淵，不知情的人們可以躺在夜晚的床鋪上，交頭接耳述說心事，但卻聽不見霧中傳來的求救聲，直到人柱被扼殺在澆灌的水泥為止，又有誰能知曉他們的恐懼？

此時皓霆的手機響了，部下在電話裡說民眾發現了一具女童屍體。

（六）

（六月十日，上午十一點五十分）

「我也經常搞不懂皓哥，警察幫人家犯罪怎麼想都怪怪的，但如果他確定裡面真的有什麼，那我也只能照做，所以到時候如果東窗事發，長官來發飆罵人時，記得幫我說點好話。」

駕駛因為在大霧中迷路，沿途一直碎碎念個不停，讓俊義越聽越煩躁，文瀞倒是一如繼往地無感。

等他們終於抵達工地外時，駕駛把皓霆傳來的照片給他們看，照片是這座工地剛落成時，在隔壁大樓側拍的。

「皓哥這些年只要有新的工地都會像這樣拍照，人家拍鐵路是鐵道迷，拍工地不曉得是什麼迷誒？」駕駛發現兩人不打算接梗，自己都尷尬了起來。

照片裡的工地範圍很大，駕駛說他們只要繼續往前，沿著圍籬走到底右轉就是正大門，但他不可能把車開到那邊給保全看，所以根據目前位置他們翻進去就要往左前方走，才會看到臨時搭建的辦公室，倉庫則遠在另一邊，必須先繞過中央坑洞才能看到那座倉庫。

「工人估計都在吃午餐，我想這種霧天也沒人會想在戶外吃，所以進辦公室前要記得探頭確認，他們都會開警報器，可以先開窗測試，只要警報一響就趕快跑，不要還傻傻的翻進去，然後出來時找有堆放雜物的地方，踩著跑出來比較好，看到圍籬高度了嗎？除非你受過專業訓練，不然別想著直接跳。然後他們雖然是用綠化圍籬，但不要抓那些植物，小草撐不住你們的重量，想辦法跳上去比較實際，懂了嗎？」

見兩人點頭，駕駛拿出手機跟他們加通訊，俊義看見對方的帳號名稱：呆頭鵝，忍不住疑惑地看向他。

「看屁，皓哥幫我取的啦！誰剛入行不是笨手笨腳。」

「我怎麼感覺你蠻喜歡呆頭鵝這綽號的？」

「你很煩誒！要你接梗不接，虧人腦子動那麼快。」

呆頭鵝給了他們棉質手套、以及一大塊紙黏土，讓他們進去直接把辦公室的監視器擋起來，工地保全大白天應該沒這麼認真，尤其是這種大霧天，估計都在看自己的東西，短時間也許不會發現監視器失靈。

三人下車後快步來到一處沒有屋簷的圍籬，呆頭鵝讓兩人輪流踩著他的肩膀跳進去後，關節突然發出清脆聲響，痛得跪倒在地。

兩人進到工地後，按呆頭鵝說的方向前進，沿途留意路況、以及霧中是否出現人影。前方傳來些許交談聲，工人的嗓子各個都很大，就算只有一人，也能在這片雪白世界迴盪，俊義停下腳步左顧右盼，望著霧好似在想些什麼。

「我們可以先確認再行動喔。」文瀞說道。

不料俊義突然拉著她的手前進，沿途沒遇見任何工人就抵達了單層的臨時辦公室，組合屋的規模遠比照片中的大，每隔兩片米白的牆壁就有一扇窗戶，俊義壓低身子前行，尋找著尚未關上的窗戶，卻聽見屋裡傳來腳步聲。

他探頭查看，屋內中央有張圓桌擺放著兩瓶運動飲料，以及插滿煙蒂的煙灰缸。圓桌右側可以看到一個辦公間，辦公間門口則站著一名身材魁梧、身穿淺藍色襯衫、頭戴鴨舌帽的保全，保全檢查完後關上電燈，來到角落的會議室，確認屋裡都沒問題才轉身走向大門，俊義等對方路過後戴上手套測試窗戶，所幸警笛沒響。

「我們要快點翻進去了，速戰速決……文瀞？」俊義發現身旁的女孩一直盯著他，不禁有些害羞了起來。

「你的觀察力很好嗎？」

「其實也沒什麼觀察力，就只是直覺，為什麼問這個？」

「你的直覺用來面對人似乎會失靈呢。」

「原來是想虧我……」

俊義率先翻進窗內，文瀞緊隨其後，保全打開大門的同時順便設定保全系統，剎那間警笛大響，嚇得俊義想翻窗逃走，文瀞趕緊揪住他的衣領，壓低身子將窗戶關上。隨著辦公室大門關閉，警笛聲也戛然而止，俊義這才鬆了口氣，回過神時文瀞已經將黏土貼在每個監視器鏡頭前了。

兩人一起進到辦公間，俊義喚醒電腦後發現登入不需要密碼，便開始翻找資料，文瀞則是認真調閱每個置物櫃裡放的東西，多半都是些工作日誌與注意事項，她逐一翻看，裡頭的日誌都完整地紀錄了每日流程與狀況，看得出工地主任熱愛自己的工作，其他資料則顯示這裡要蓋一座購物中心附設高級旅館，有點像沒有遊樂設施的義大遊樂世界。

文瀞將資料夾放回原位後，發現置物櫃下方有個抽屜上了鎖，便取下瀏海上的兩隻U型髮夾，拉開所有小櫃子找工具，好在辦公桌的第二層抽屜裡有把老虎鉗，讓她可以折髮夾。

文瀞的神情相當專注，瀏海隨著動作擺盪，窗外的陽光穿透濃霧，照亮女孩的髮絲與雙眼，讓俊義看得入迷，胸口也逐漸感到悶痛，未知的情感正揉捏捶打著心臟，使他視線頓時有些模糊。

「專心點，這關乎你妹妹的安危喔。」文瀞伸手抹去俊義臉頰的淚水後說道：「我知道你很擔心，但現在更應該振作起來喔。」

「抱歉……我也不知道怎麼了，只是突然有種很難過的感覺。」俊義點開資料夾，裡頭都是無用的書面資料，另一個資料夾則是財務報表，他決定把所有資料都丟進隨身碟裡，「妳為什麼願意幫我？」

「我只是因為自己的原因才幫你的，不要想太多喔。」文瀞將兩隻髮夾弄成想要的樣子後，伸進鎖頭裡試探。

「什麼原因？跟妳早上說想找到的東西有關嗎？」

「當然，但這要先看你能不能想起來。」

文瀞這次沒有加尾音，語調也不像平時那般平淡，反而多了幾分嚴肅，讓俊義有些不習慣。鎖頭轉開後，文瀞壓著髮夾拉開抽屜，裡面有許多散落的文件，不像其他櫃子那樣整齊有條理，其中幾張紙的角落還有破洞，明顯曾經有過釘書針。

「妳怎麼會開鎖？」

「一開始是考差了，想偷爸爸的印章才學的，久了就變成幫老師開鎖的小幫手，偶爾還能偷小考考卷，是很不錯的技能喔。」

「看不出來妳還會偷東西，該不會隊長猜對了？妳真的是不良少女？」

「經常違反校規，被主任處罰的學生可沒資格說我喔。」

「妳怎麼會知道……算了，當我沒說。」

文瀞專心翻閱那些文件，發現上頭都是建設公司給的建造方針，但很詭異的點是，內文跟建造完全無關，幾乎都是防範意外的處理手段，其中有很多事項都沒了下文，顯然有人刻意把特定資料給銷毀了。

「俊義，電腦裡有什麼特別的嗎？」

「沒有，妳那邊呢？」

「沒有喔。」

話題戛然而止，空氣充斥著刻意的沉默，讓俊義有些不自在，想找些話題閒聊卻只能想到些不解風情的過往問題。

「保全系統妳關了嗎？」俊義問道，文瀞聽了搖頭，「我去關一下，不然等等要離開就麻煩了。」

「34159，如果我剛剛沒看錯的話，這是保全系統的密碼，不小心輸入錯的話記得趕快跑喔。」

俊義真心覺得這觀察力很恐怖，可能連他手機裡有誰的聯絡資訊，這女孩都已經瞭如指掌。他來到大門旁的保全系統，拿著手機一邊上網看官方說明書，一邊遵從指示準備打密碼，34159……俊義注意到這五個按鍵相當乾淨，相反地其他按鍵都有些微磨損，如果是常用密碼，那肯定會像這樣有磨損才對，文瀞有可能看錯嗎？可其他五個數字的排列又是如何？他根本不知道。

他深吸一口氣，鼓起勇氣地打上這五個數字，眼看保全系統顯示解鎖，他才鬆了口氣。辦公間裡的文瀞認為重要資料都被銷毀，便將抽屜回歸原樣後準備重新鎖上，不料辦公室大門被打了開來，讓她只能趕緊將髮夾抽出，順手拔出隨身碟跳窗。

而俊義則是在回辦公間的路上，就聽見大門外傳來急促的腳步聲，嚇得他閃身躲進休息室內，這才發現裡面竟然沒窗戶。大門打開的剎那，他趕緊躲到放置茶具的櫃子後方，卻也因此導致裡頭的茶杯碰撞，清脆的陶瓷聲傳進了保全耳裡。

保全打開休息室的燈，裡頭看似沒有任何變化，可系統不但被關閉，就連監視器都沒有畫面，讓剛剛的聲音顯得更加可疑。

保全戒備地走進休息室內，俊義屏住呼吸，用力縮著小腹，換作平時他可能會跳出去跟對方打一架後逃跑，可對方光手臂就比他大腿還要粗，真的打起來根本撐不過十秒。保全注意到櫃子後有雙運動鞋，便快速上前查看，然而那裡沒有任何人，地上那雙運動鞋也是工地主任偶爾慢跑時穿的。

躲在另一側櫃子的俊義見狀趕緊蹲低，保全轉過頭時他剛好躲到桌子下方，所以沒被看見。此時辦公間傳來劇烈聲響，保全趕緊轉身奔去，俊義想趁機逃走，卻聽到大門外又傳來腳步聲，嚇得他再次躲回了櫃子後面，所幸進來的人是有目的性地直接前往辦公間，他這才得以從大門逃走。

潛藏在窗外的文瀞注意到保全被吸引過來後，壓低身子準備逃走，可沒多久又來了一個人，她便決定繼續觀察，赫然發現保全朝剛來的男人恭敬地打了招呼。

「有什麼事嗎？」男人戒備地問道。

「主任，是這樣的，我剛剛發現監視器有問題跑來檢查，結果發現好像有人闖進來了，連保全系統都被人關掉。」

「闖進來？會不會是你忘了設定？」

「我有，大概十分鐘前我才在巡辦公室而已，所以不可能忘。」

工地主任聽了臉色大變，並趕緊上前檢查自己的東西，發現原先上鎖的抽屜被人打開，嚇得伸手摸向抽屜底部，接著放心地鬆了口氣，這些舉動讓保全看得有些疑惑。

「主任你怎麼了？有什麼東西被偷嗎？」

「沒事，你不是說監視器有問題嗎？趕快去檢查，不用管我沒關係。」

保全聽了便前去查看監視器，這才發現導致監視器損壞的原因，其實是因為有黏土擋住了鏡頭，但這黏土是誰放的？又是什麼時候？他決定去看回放，便跟工地主任道別。

眼看保全離開，主任趕緊將抽屜底部的資料扯下，確認裡面的文件都安好後，頭也不回地跑出了辦公室。

「妳剛剛有找到什麼可靠的證據嗎？」文瀞嚇得轉頭，俊義很訝異她會受到驚嚇，覺得有些新奇跟好笑，「抱歉，我剛剛資料複製到一半，ＵＳＢ妳拔出來了嗎？」

「這裡喔。」文瀞將ＵＳＢ塞到俊義臉上，力道之大像在打巴掌，「剛剛工地主任沒有檢查電腦，反而是直接把一份資料給拿走，我猜最重要的東西都在裡面喔。」

「那快點走，現在還追得上──」

「我們不可能跟在後面，如果他從正門或後門離開都會碰到其他保安，更不可能在離開這裡後找到那人的去向，萬一對方還是開車就更難了喔。」

文瀞的話讓俊義陷入沉默，紙黏土被發現的現在，保全已經對辦公室起了疑心，想再翻回去找資料顯然是不可能的，於是俊義決定前往倉庫。

根據先前看到的照片，他們必須沿著剛剛的路回去，才能用最快的距離抵達位於中央坑洞右側的倉庫，這樣也能在相同的地方進行撤退。但茫茫霧海之中俊義迷失了方向，他曾作過自己走在回家的路上，卻越走越陌生的夢，如今夢境彷彿跳出意識枷鎖，化為現實將他們困在其中。

不知道走了多久，已遠遠超出先前步行花費的時間，俊義開始懷疑自己是不是哪個環節出錯，雖然這座工地很大，但他認為自己不致於路癡成這樣，才剛想完，他就在霧中看見了綠色的鐵皮圍籬，圍籬前還擺放著鋼材，便興奮地跑上前，只要能翻出去就好，只要回到先前的街道就能重新確定方位。

然而文瀞卻拉住了他的衣服，讓他踉蹌摔倒在地。

「妳幹嘛？」

「翻過去會摔死的喔。」文瀞說：「雖然仰賴直覺可以創造冒險的勇氣，但如果沒法集中精神，可是會被霧氣牽著鼻子走喔。」

俊義這才想起外面的圍籬是白的，他上前透過縫隙查看，發現裡面就是中央挖好的地下室。

「如果這裡是中央的話，那我大概知道怎麼去了，我們——」

有名正在做紀錄的工人自霧中走來，恰好與他們碰面，對方的面色從驚訝逐漸轉為凝重，握筆的方式也變得像在拿一把小刀，俊義原本想拔腿就跑，但文瀞拉住他的衣領，將臉埋進他的胸膛。

「你們怎麼進來的？」工人問道。

「想辦法打發他喔。」文瀞小聲地說。

「大哥，不好意思，我跟我女友剛剛才知道這裡是工地。」

工人仍然戒備地朝這裡走來，他便在內心痛罵隊長騙人，工地戒備森嚴，工人哪可能會相信他們。

突然間，整座工地天搖地動，俊義跟文瀞相擁彼此，勉強站穩了腳步，可工人沒能穩住重心，朝著中央坑洞倒去，鐵皮圍籬也隨著地震倒塌，眼看工人就要摔進坑洞內，兩人眼明手快地同時上前，抓住了對方的上衣。

地震沒有持續很久，平息後兩人將驚魂未定的工人拉離坑洞，接著朝外圍籬的方向拔腿狂奔，營造所裡的同事知道工人還在中央，便慌張地跑來找人，其中也包含了那名保安。

看到人沒事後，保安便告訴大家有人闖進了工地，也從工人口中聽到剛剛有兩名高中生闖入，便讓眾人分頭去找。

俊義跟在文瀞身後奔跑著，很快他們就看到了外圍籬，但那裡並沒有東西可以墊腳，此時身後傳來此起彼落的腳步跟交談聲，俊義便蹲下身子讓文瀞踩上去。

他將文瀞推上去後倒退幾步，助跑踩牆跳上去，工地圍籬比普通水泥牆要光滑，使得摩擦力嚴重不足，俊義因此沒能抓住圍籬頂端，文瀞見狀即時抓住了他的手。

兩人就這麼懸掛在牆上，俊義看著面色猙獰的文瀞，便決定主動放手讓文瀞能夠順利逃出去。

「當年她也是這樣讓你逃走的嗎？」

俊義震驚地停下了動作，這是他第一次聽到文瀞話語中帶有憤怒的情緒，在他的記憶深處，也隱約想起自己曾被相似的臉龐斥責某件事情。

只是記憶裡的女孩表情寫滿了憤怒，與喜怒不形於色的文瀞有些不同。

此時圍籬傳來劇烈動靜，呆頭鵝跳上來，一把抓住了俊義的衣領，與文瀞合力將他拉上來。

「快走。」

呆頭鵝喊道，接著帶兩人跳下了圍籬，由於轎車就在不遠處，所以他們能立刻上車走人。俊義跟文瀞在車裡沉默不語，各自喘著氣看向窗外，直到呆頭鵝問起狀況，俊義才說出有人把神祕資料帶走的事情，但被問起人往哪去時，他就像做錯事的孩子縮起頭，什麼都回答不出來。

「簡單來說你們這一趟沒找到任何有用的東西？」

「對……尤其剛剛還遇到地震，沒辦法順利抵達倉庫。」

「地震？什麼地震？」呆頭鵝疑惑，俊義原本想解釋，但被文瀞用眼神阻止了。

「沒事，我剛剛有複製一些電腦資料。」

呆頭鵝聽了便在路邊停車，按下警示燈後拿出一臺筆電，開始翻看ＵＳＢ裡的所有資料，但裡面都是些沒用的東西，甚至有許多文字檔什麼也沒寫，財務報表也是正經地在報帳，根本沒任何有用的資訊。

呆頭鵝無奈地嘆氣，但仍轉過頭來安慰兩人，問他們想不想吃去午餐？不料皓霆突然來電，他趕緊接起電話回報狀況，臉也逐漸嚴肅了起來，不安地透過後照鏡看向俊義。

（七）

這是邱申寬來翩木鎮的第一個案子，他從原本的建設公司離職後，獨自從臺北下來定居半年，想著在這度過清閒的退休生活，頭一個月他確實感覺到了悠閒自在，直到這漫長的時間堆積成了無趣與孤獨，翩木鎮發展快速，四處經常可以看見工地，偶爾遠遠看到工人們在做早操，就會想起自己也曾站在最前方，領著大家伸展拉筋。

他這才意識到，自己是屬於閒不下來的那種人。

四個月前他經由公會老友推薦來到新創的營造廠，憑藉著豐富的工作經驗與良好的態度，他很快就接手元椿建設的百貨旅館建案，重回職場的感覺也讓他神清氣爽，雖然假日的電話又多了起來，但總比整天看電視要充實許多。

他負責任又親近的形象深受工人們喜愛與尊敬，也很快就跟營造廠的大伙兒打成一片，然而元椿高層並不喜歡他太有個性，好幾次派公關來要求他停下工作，甚至對做法指指點點，讓他感到非常惱火，明明自己都是按設計圖蓋的，完全不明白哪裡有問題，問了原因對方也迴避對談，甚至要求他重建，打樁期間也不需要他參與。

但他是工地主任，這裡是他的地盤，一直以來都只有他把人趕出去的份，有誰能趕走他？

後來申寬才知道元椿原本有自己的營造廠，去年因為商業大樓倒塌案導致營造廠不得不停擺，所以今年他們才會把案子外包。

也許是以前老大當慣了，所以現在才會跑來對他們的工作內容指指點點，但那時的他只知道元椿壟斷翩木鎮所有大型建案，並不知道原因是只有他們攻克了許多建商都建不成的案子，以及十二年前被大家避而遠之的海岸。

五天前的氣溫異常飆高，山上也開始被霧氣環繞，緩慢地席捲到山下，眾人對眼前的美景表示讚賞，這是只有在特定位置才能看見的景色，不是在高樓大廈裡，也不是在涼快悠閒的咖啡廳內，而是在工作後的空曠土地上，於午餐時間跟弟兄們吃飯時，才能真正靜下心來看見的景色。

不會獨自躲在辦公室吹冷氣，而是跟大家聚在一起聊天，是他多年來的習慣與堅持，他也因此得知那些弟兄們來自何方，有些是從印尼跟菲律賓來找工作的，在家鄉都有房子了，等這案子完工後他們就要回國結婚。還有個人老家在雲林，原本計劃要搬去臺北，但來到翩木鎮後覺得環境不錯便決定住下，到現在已經住七年了，可以說看盡了城鎮變化。

大家聊得愉快，而中央坑洞的地下室也在緩慢成形，可能是因為他退休過半年，現在內心感受到了前所未有的滿足感，而這昇華的氛圍逐漸沖昏了腦袋，夏日的熱氣流動正在擾亂眼前的景色，原本穩固的鷹架好似在搖晃。

直到錯覺成為了現實，他跟大伙們倏地起身，接著整座工地開始搖晃，沙塵伴隨劇烈聲響從中央襲來，速度太快，他們根本來不及理解狀況，澆灌好的水泥就開始裂開，鷹架與鋼筋頓時倒塌，靠近中央的工頭們都沒能躲開地被壓在下面。

那天工地因不明原因倒塌，造成六名工人重傷，兩名外國勞工死去，但建設公司卻對外宣稱只有兩名工人受傷，原以為會挺自己的營造廠，也將風向帶到他的頭上。

（六月十日，下午兩點三十五分）

當時的申寬不明白，明明材料品質上好，建造也全程按照規矩，為什麼地下室還是倒塌了？現在的他快步跑進福特休旅車，並將手上的資料夾扔到副駕駛座，懊惱地用頭撞方向盤。

真的要介入這件事嗎？如果媒體全是元椿建設的人，從而導致這些資料被攔截，那他非但救不了任何人，恐怕連自己的命都要賠進去，但這也是一次翻盤的機會，如果能成功轉移大家的焦點，也許能淡化倒塌案的問題，他也不會成為眾矢之的。

他焦慮地打開手機通訊錄，拇指在友人介紹的新聞記者號碼上游移。他會得知建商要用活人做打生樁純粹是場意外，當初工地倒塌時雙方都歸咎於他督導不周，要他全權對事故負責任，但他在這行做了三十多年，之前在其他縣市哪個案子他沒做過？住宅、捷運甚至遊樂園的標案都做過，單就這種規模也沒比前年高雄社區的案子要龐大。

但三十多年了，他第一次遇到這種無解的狀況。

會得知建商打算執行打生樁，要從倒塌事件發生前說起，元椿公關是個外表看起來乳臭未乾，但實則年過四十的男人，對方提議要停工，然而澆灌工程如火如荼的進行著，怎麼可能說停就停？申寬問停工原因，誰下的命令？公關卻笑著要他別過問細節跟內容，氣得他想方設法把對方趕出去，心想這到底哪來的爛公關？專門惹火人的。

隔天早上也不出所料地，元椿帶著許多人來辦公室開會，數量多到營造廠的高層全來也沒對方一半多，但身為營造廠的他們仍有底氣在，因為元椿急需這起建案翻身。

率先說話的是元椿公關，申寬不懂這傢伙到底憑什麼來開會，但對方仍把重建的原因跟好處列出來，公關表示這塊地仍有需要評估的地方，很可能伴隨著事故風險，但土木師傅早以評估過，山區的水土維護也有了對策，如果不是想要修改整體設計，那麼現在這些行為可以說是赤裸裸地找碴，況且不就地下室而已，上方的建築都還沒開始動工呢，要改總不會連地下室都改吧？

接著公關又搬出壓低建案成本的考量，政府標案本身沒太多資金補助，因此希望建材成本壓低，這讓一項重視品管的申寬滿腹抱怨，但營造廠老闆始終沒說話，他也只能生悶氣。

公關見大家不說話，便讓他們在六月十二日前完成拆除，甚至要求申寬以及工人們當天晚上不要進出工地。營造廠老闆終於聽不下去，開始質疑為何最初不提出這些，現在這樣做才會消耗大量資金，況且沒來由地停擺也可能耽擱完工，到時候又是誰要負責跟建管處解釋？

老闆一說完，元椿建設的人頓時火氣都上來了，斥責營造廠先擅自開工，後來又找了申寬這個新工地主任來接手，才會讓所有事情偏離軌道。

眼看兩邊發生激烈爭吵，元椿公關既沒勸架，也沒加入爭執，而身為工地主任的申寬卻必須沉住氣出面緩頰，他只能妥協上方建築的材料成本壓低，但不認同重建的必要性。

會議直到最後都沒有結果，便決定延後開會，原先預定的工程也只能臨時喊停。

申寬仍想知道元椿到底在想什麼，因此藉由公會老友認識了元椿營造的前工地主任，那傢伙目前仍處於失業狀態，原本也看上了申寬的營造廠，可偏偏他們當時只招收一名工地主任，而這空缺被申寬給搶走了。

中寬答應對方只要願意說出元椿以往怎麼建築的，就會引薦他進營造廠，這才得知元椿一直都有特別的習慣，開工動土儀式完成後，他們會在正式開工前聽從法師的指示，分派工人去指定的地方灑雞血，對方說到這忍不住笑了，因為他認為與其把雞拿去活埋，還不如直接燉給他們慰勞比較實際。

他問中寬開工動土儀式時元椿有沒有參與？中寬聳肩，畢竟自己是中途加入計畫，但有聽說開工當天，元椿的董事長被官司纏身來不了，至於後續有沒有灑雞血，從他們的反應來看肯定是沒有。

想到這中寬忍不住嘆氣，這樣看來元椿想重建的根本原因，就是為了滿足他們的個人信仰，他不明白，也不能接受這麼荒唐的事情，因此他跟老闆討論好，下次要在會議上攤牌，但還來不及開會，地下室就這麼倒塌了。

自倒塌的那天起他開始蒐集證據自保，為了證明自己的監督符合標準而費盡心思，後來他得知老闆同意元椿的條件，於十二日下午至晚間讓出工地後，他甚至開始懷疑是元椿在暗中搞鬼，雖然不知道他們怎麼辦到的，但只要持續尋找總會有答案。

也許他應該要享受退休生活的，這樣就不會找到元椿營造的老闆。也不會趁對方不在家時假扮老舊識欺騙印傭，並從對方家裡的資料得知，元椿的打生樁除了用活雞以外，還會用活人去執行，更不會在半夜時跟蹤元椿高層，親眼看到他們從別人家中接走一名孩童。

中寬強忍恐懼，不斷告訴自己無論是失業還是被報復，都不能在活埋孩童的地方工作，便鼓起勇氣按下通話。

此時他全身都在發麻，呼吸也變得急促，內心深怕電話接通時連自我介紹都說不出口，但在電話打通後，心跳頓時平復了不少。

「你好，請問哪位？」記者問道。

「你好，是張先生嗎？」對方說是，申寬深呼吸幾口氣後說：「我這邊有件事要爆料，需要跟你見個面，請問現在方便嗎？」

「那要看是什麼事了，你哪位？又想爆料什麼？」

「我是百貨旅館預建地的主任，元椿建設綁架孩童要進行打生樁，你有興趣嗎？」電話那端一陣沉默，讓申寬一度後悔自己說的話。

「萬平路上的咖啡店可以嗎？我把通訊軟體的ＩＤ給你，加完好友後先把資料拍下來傳給我，來的時候請小心別被人跟蹤了。」

「沒問題，等等資料傳過去後，我大概十分鐘會到。」

申寬將張先生的ＩＤ抄在紙上後，與對方加了好友並傳貼圖，那邊也很快就給予回應，主任抽出資料準備拍下來時，突然有人拍打車窗，嚇得他手機掉到座位下。

車外是名西裝男，手戴皮製手套，面露微笑地示意他搖下車窗，申寬嚇得立刻發動引擎，將車開出停車場，讓對方消失在濃霧之中。

確定沒人追上來後，他打開車燈並放輕油門，但很快就注意到車速仍持續加快，七十、八十、最後超出他平路會開的九十仍不斷攀升，他慌亂地踩住煞車，但根本無法阻止車輛，這才趕緊打入空擋。

車禍發生時速度攀升到了一百三，比他平常駛在高速公路的速度要來得快，右前輪卡進排水溝時引擎仍在運轉，整輛車轉向九十度撞上山壁，申寬的臉被碎玻璃跟山壁碎石給刮傷，車尾因為衝擊而翹起，整臺車因此翻覆。

沒多久，一輛轎車停在了失控翻覆的休旅車後面，西裝男從駕駛座下了車，優雅地整理完衣袖跟機械錶後蹲低查看駕駛座，申寬被安全帶扣在椅子上懸掛著，艱難地睜眼看向西裝男。

「我們其實不需要走到這一步。」西裝男嘲諷地說道，接著繞到另一邊，將落在車頂的資料及手機拿走。

「你們……」氣若游絲的申寬無法說完一句話。

「你覺得自己藏得很好？陳老闆家裡遭竊後，我們就知道是你，畢竟會不惜拿出執照騙印傭，也要進去翻電腦、挖書櫃的人只有你而已。但你也不用擔心，陳老闆下次不會再大意了，印傭也會記得要多提防警察以外的人。」西裝男說：「因為你是個人才，所以當時我們還想，只要你即時收手不再繼續調查，我們就不予追究，但偏偏你就是個閒不下來的人。」

西裝男用申寬的臉解鎖手機，一解鎖便是記者不斷詢問狀況的訊息，他確認資料沒有外洩後便將手機收進外套口袋裡。

「超速再加上不專心駕駛導致車禍意外，這新聞標題你覺得如何？」

「我不認同那種方法……」申寬總算說出內心話，但也付出胸腔劇烈疼痛的代價。

「從來都沒有人會管你認不認同，有些事你就應該假裝沒看見。」

西裝男駕車離去，申寬全身劇痛，再加上剛剛說話導致難以呼吸，血液從傷口處流向頭頂，他嘗試解開安全帶，但卻沒有力氣解開安全扣。

以往他總嫌時間過太快，自己也不再年輕，現在時間正一點一滴剝奪他的生命，痛苦的他又忍不住懇求時間能過得快一點。

（八）

（六月十日，下午三點十五分）

翩木鎮的老居民始終討厭那條海岸，被潮水無情奪走的，是住量販店樓上的林家大兒子、丈夫外遇仍扛起家計的廖家母親、吳家男主人與他的同梯連上好友。

但這次海浪沒有將她帶走，而是將她帶回了岸邊，讓大岩石成為她的依附，讓小岩石牽起她纖細的小手，輕薄的制服包覆她嬌小的身軀，陽光照亮了她滲進海水的毀損臉蛋，海鹽在瀏海上彷彿結霜，髮絲則隨著浪花綻放。

最初發現的是位長跑選手，她每天的功課就是跑十公里路程，但由於城鎮充滿霧氣，因此霧天備案就會改到海堤慢跑，沿途還能順便欣賞美景。

起先她跟其他來這裡的人一樣，並沒有特別注意下方有些什麼，直到她路過觀景臺並跑了大約七百公尺後，腳踝因為踩到凸起的石磚扭到，不得不靠著圍牆休息，這才赫然發現懸崖下的女童屍體，嚇得她腳踝拐到了第二次。

刑大隊的同仁將整片景觀區拉起封鎖線，皓霆在上方人行道看著鑑識組員拍照，不安地抓著電話等待俊義他們到來。當轎車終於抵達時，俊義立刻衝下車，恐慌地在人群中尋找皓霆的身影，直到發現對方靠在圍牆旁才跑上前去。

「我妹妹呢？」俊義抓著皓霆的手臂，見對方一直皺著眉看他，無法克制地哭了起來，「我在問你話，你回答啊！」

「你冷靜一點，現在還不確定是不是你妹妹，因為——」臉幾乎全毀了，皓霆說不出口。

「快點帶我去！」

皓霆用無線電請求同仁協助開路，有家屬前來認屍，沒多久便來了一名員警，員警見俊義是未成年人而有所遲疑，皓霆解釋說俊義的父母都在外出差，目前只能先請哥哥下去做初步確認，說完還向對方擔保，如果組長過問的話，一切責任會由他來扛。

文瀞在一旁盯著皓霆，起先他並不打算理會，但對方越靠越近，活像日本恐怖片裡的女鬼，最後考量到俊義可能需要有人陪伴，他才同意文瀞跟著。

員警帶著兩人往下，俊義遠遠就發現那套制服是海樹國小的，雙腿頓時發軟無力，所幸被文瀞給即時拉住。

「再確認答案之前永遠都不能倒下喔。」

文瀞一把將他拉起來，推著他往前，起先俊義撇過頭不願意看，但被身後的女孩抓住頭強制轉了回去，脖子因此發出清脆的聲響，要不是還能正常呼吸，他真的以為自己要死了。

隨著距離靠近，俊義也逐漸發現異樣之處，雖然這人跟妤璇一樣是黑髮，但眼前的女童卻有嚴重的自然捲，臉型也跟妹妹有著些微差異，重點是這女孩的身材明顯更瘦小，有點像是營養不良。他跑上前看女孩胸前的學號，發現對方跟妹妹同年但不同班，又問了鑑識人員這女孩有沒有帶媽祖的護身符，鑑識人員搖頭說根本沒看見，俊義才放鬆地捂著臉吐氣，但逐漸平復的心卻開始將感官放大，破碎的面孔烙印在腦海裡，帶來的刺激讓他忍不住朝旁邊吐了一地，嚇壞了原本在那裡的鑑識人員。

「滾去旁邊吐啦！」鑑識人員氣得飆罵，俊義便趕緊走遠。

「好點了嗎？」文瀞上前遞面紙給他。

「雖然說這種話可能不太好，但確實好點了，妳早就知道了嗎？」

「遠遠看就知道完全不同，你妹妹今早才被我捏過臉而已，我對她的各種特徵可是記憶猶新喔。」

「壞心眼……話說妳作為一個外人，對妤璇的認識竟然比我還多，說來真是慚愧。」

「我反而覺得你認不出來很正常喔。」

俊義不懂這話什麼意思，但文瀞也沒多做解釋，逕自按原路回到人行道，他也快步跟上。皓霆遠遠看到他們的反應，便猜到死者不是妤璇，但也不禁疑惑這女童到底是誰？他打了通電話到局裡，再次問基層人員最近有沒有女童被通報失蹤？這次接電話的是那名吊兒郎當的員警，對方飛快地敲打鍵盤後，才說昨日有名女童被通報失蹤。

皓霆氣得破口大罵，對方則覺得自己很無辜，畢竟這案子又不是他受理建檔的，況且剛剛查的人也不是他，但正在氣頭上的皓霆聽到狡辯，火氣變得更大，無奈那兩名高中生上來了，實在不適合爆發。

「你立刻聯繫對方家屬過來認屍，聽到了沒？」

「收到……」

電話掛斷後，他連做好幾個深呼吸來平復情緒。

過了大約一小時後，一名戴眼鏡的長髮女子騎車趕來，慌張地想穿越封鎖線卻被警方攔下，她哭喊著自己是來找琪琪的，皓霆這才上前把對方帶到圍牆邊，她甚至沒下去查看，只是遠遠看見那具屍體便像斷了線的木偶，撕心裂肺的哭了起來，俊義看了內心沉重地雙手緊握。

「有關於您女兒的事，我深感遺憾。」皓霆說道，文瀞則將面紙遞給對方。

「對不起，但我不是她的媽媽——」女子哽咽地解釋，讓皓霆跟俊義頓時傻住。

「妳不是她的媽媽？那妳是誰？」

「我是她的輔導老師……」

時間要推回昨日，周老師慌張地跑進警局報案，因為她的學生已經整整兩天失去聯繫，就連去對方家找人都不在。學生名為汪書琪，老師們都叫她琪琪，琪琪的母親過世後便由父親獨自養育，但汪先生並沒有身為人父的自覺，醉生夢死地編織著發財夢，還曾開過咖啡廳跟熱炒店，結果被兩邊的合伙人詐騙，花光了所有的創業金，後來又因為酗酒導致妻子的保險費跟著消耗殆盡。

琪琪因此不愛回家，同學也因為家境與個性而排擠她，學校的輔導室成為了她唯一的歸屬，畢竟只有周老師會對她百般照顧，偶爾琪琪在家被酒後的父親毆打，她都會在父親昏睡後逃家，跑來找周老師過夜。周老師會替琪琪抹藥、煮麵以及微波熱牛奶，並在睡前說各種不同的故事，哄久了就會跟琪琪一起在沙發上睡覺，隔天吃完早餐在騎車去上學，琪琪爸對此從未說過什麼。

三天前琪琪也有去學校，放學前她們約好晚上要一起看串流平臺的新電影，但準備好飲品跟零嘴的老師卻遲遲等不到琪琪，原先她懷疑是琪琪爸不讓女兒出門，便親自去對方家中找，沒想到不只琪琪，就連那總是睡在躺椅上的酒鬼都不在。

她打給琪琪爸，對方接電話時語氣異常清醒，說他們在海邊吹風散步，還強調琪琪自己說今晚不想去看電影，無數次地拒絕她跟琪琪說話的機會。

老師知道這只是對方的片面說詞，反正明天上學琪琪仍然會來，到時候再問問看真實狀況便可，但琪琪沒有來學校，再隔天依舊沒有，琪琪就像是從這世上消失了，周老師始終沒能找到琪琪爸，因此決定去警局報案，昨日負責受理的年輕員警還倒了杯現泡烏龍茶給她喝。

「所以妳是汪書琪的誰呢？」員警問。

「我是她的輔導老師。」

「好的老師，我們受理原則有規定要家屬才能進行報案，為什麼她的家屬不來報案呢？」

「書琪的爸爸根本不在乎她，拜託你一定要受理，她肯定——」

「我們怎麼知道她爸爸真的不在乎？萬一這是妳的片面之詞呢？所以這不是理由，可以說說她爸爸到底怎麼了嗎？」員警皺眉的同時嘴角卻在微笑，讓她感到不舒服，「只需要一個讓我們接受家屬不能報案的原因就好。」

「從書琪的說法來看，她的爸爸可能在吸毒。」警察聽了滿意地點頭，並在備註打上剛剛的資訊，「拜託你，那男人是她唯一的家人，我們——」

「照片。」老師聽了不禁愣住，因為警察甚至沒正眼看她，「妳不給我照片，看到人怎麼認得出來？」

「喔……好。」老師拿出手機，打開自己跟琪琪的合照後傳給對方，「你們會怎麼找人？」

「我們會先去訪問家屬，得知是什麼狀況後才會開始找人，有什麼新的消息會再跟妳說。」

老師回家後並沒有比較好受，員警字裡行間都透露著不在乎的情緒，因此今天接到警局的電話時她相當高興，有那麼一瞬間她以為自己是錯的，那名員警正如他的聲調一樣沉穩，直到電話裡的人要她來海邊認屍。

「做為一名輔導老師，妳做的可真多。」皓霆說完用力吸了一口菸。

「我知道輔導老師不能隨意收留學生，但我不能看著她受害。」

「一般來說家暴事件會有社會局介入，方便問妳為什麼不回報社會局，而是放任琪琪受家暴嗎？」皓霆的問題讓周老師頓時心驚。

「對於琪琪來說，雖然父親是個壞榜樣，也是個令人討厭的對象，但再怎麼說都是她放不下的人，琪琪曾跟我說，母親過世前希望她能跟爸爸好好相處，這件事也一直被她記在心上。」

「是嗎？那我方便問琪琪在學校的狀況嗎？」皓霆繼續追問，周老師原本想回絕，但眼前的警察堅持要她回答，也只能說實話。

「琪琪這孩子很特別，經常說自己可以看得到鬼，教室裡、街道上、或是家裡面到處都是黑影，搞得同學們很討厭她，甚至會言語跟肢體霸凌。」俊義聽了頓時瞪大眼睛，同樣是看得到鬼，那琪琪的死亡是否跟妤璇失蹤有關聯性？「後來有心理醫師診斷判定，琪琪應該有思覺失調的症狀，我原本也是這麼認為的，直到琪琪有次問我是不是墮過胎，並說那孩子還太小去不了另一個世界時，我才知道她可能真的有什麼能力。」

皓霆跟俊義面面相覷，如果這件事跟打生樁有關，那為什麼琪琪會死？

「如果通報社會局琪琪的父親在吸毒，那她也可以獲得保護喔，妳為什麼不那麼做呢？還有，不是只有靈異體質才能看到鬼，有另一種狀況也可以讓想像力豐富的小孩子，看得到鬼喔。」文瀞的話讓老師愕然，她走到老師面前問道：「是不是因為琪琪染毒了，所以妳才選擇不報案？為了掩蓋這件事還撒謊說自己墮過胎不太好吧？聽好了，就算妳做得再多，琪琪也永遠不會變成妳的孩子，不可能永遠跟妳在一起——」

周老師嚇得推開文瀞，老師的行為等同是承認了剛剛的猜想，但確切答案老師肯定不會說，皓霆倒是不急，反正解剖後就知道琪琪有沒有染毒了。

如果琪琪的靈異體質是源於毒癮發作，那她確實並非建商想找的人，有可能是因為這樣才被滅口的嗎？建商有必要做得這麼狠嗎？

「這些年持續有失蹤案，對象都是十二歲以下孩童，而我們正在調查這件事，如果琪琪爸有可能知道什麼內幕，那我們就必須找到他，妳有沒有知道什麼地點，可能是她爸爸會待的地方？不然也可以回想一下，琪琪以前有沒有提過什麼不尋常的事？」皓霆問。

周老師聽了開始翻找記憶，可每當琪琪生前的模樣，與崖下的屍體交疊在一起時便會感到崩潰，跟琪琪一起度過的每個夜晚、看過的每部影片都會刺向內心深處。

「冷靜一點。」俊義輕拍她的肩膀，面色擔憂地說：「不要太有壓力。」

「你應該要多點危機意識喔，畢竟——」文瀞話還沒說完，就被俊義抬手阻止了，他搖頭示意後面的話不要說出口，文瀞便轉過頭去看海，有那麼一瞬間俊義似乎看到那女孩皺眉。

「對不起……解決案子對你們而言肯定很重要，我應該振作才對。」周老師抹去淚水說道：「她之前確實有說過爸爸一直在跟某人講電話，有天家裡還來了個陌生男人，但琪琪不記得對方長怎樣了，只記得那人身穿西裝，像是電視裡常見的高官或商業人士。」

「商業人士？」皓霆抹臉，雖然他本來就不指望小孩會說出具體形象，但這也未免太籠統了吧？

吊兒郎當的員警打電話來，說昨天受理案件的員警確實有前往琪琪家，但對方因為家裡沒人就走了，後來也沒再去過，同時他也調閱了監視器，發現琪琪失蹤的那晚，有輛福特轎車出沒在琪琪家附近的街道，但離開後便沒再出現過，追蹤車牌發現車主是個餐館老闆，他的車遭竊了整整兩週後，昨天突然又出現在家門前，整輛車還被清理得一乾二淨。

皓霆要他再去調閱更早之前的監視器，看同輛轎車還有沒有出現過，或者是一名西裝男曾路過該處。

皓霆的無線電傳來訊息，法醫初步判定琪琪死亡已經超過十小時，撇開毀損的臉以外，全身有多處刀傷，但都並非致命傷，右手臂跟兩腿也有較新的瘀青跟擦傷，左手臂上還有明顯的手銬痕，但卻沒有看見手銬本體在哪。

他問周老師知不知道琪琪有戴手銬？對方點頭如搗蒜，說那是她在琪琪生日時送的兒童安全錶，裡面綁的還是老師的號碼，但琪琪怕父親會弄壞，所以平時都藏著，只有到學校後才會戴，進家門前又會把錶摘掉。

「手錶可能已經被毀掉了，妳查過她最後發送信號的地點是在哪裡嗎？」

面對皓霆的提問，周老師面有難色地說訊號斷在琪琪家附近的巷弄裡，那裡也是琪琪平時上下學的必經之路，所以根本沒法當作參考。

「帶我去琪琪家。」皓霆說道。

「可以是可以，但她爸爸……」

「一個頹廢又沒錢的人跑不了多遠，有可能他始終都在家，只是沒有應門罷了，不管怎樣先想辦法闖進去。」

皓霆邊說邊往汽車走去，俊義聽了不禁翻白眼，心想這到底是哪裡來的流氓警察？怎麼整天想著要闖空門？

第二章

不潔之地

（一）

妤璇還記得學校老師曾說過，遇到陌生人要綁架自己時，務必要大聲呼救，現在她肯定老師們都沒被綁架過，到底哪來的機會讓人呼救？

她醒來時覺得口乾舌燥，喉嚨像是被火灼燒，使她連喊叫的聲音都發不出來，只能沙啞地乾咳幾聲。她的雙手被繩子反綁，意識像脫離肉體似地有些恍惚。

閃爍的日光燈聚集了飛蛾，她這才注意到身旁有個人蹲著，對方嬌小的身軀有些模糊，但勉強能看出身上穿的是海樹國小的制服，她趕緊低頭查看自己的胸膛，這才發現媽祖的護身符不見了，難怪對方有辦法靠近。

妤璇對那張蒼白的面孔有些許印象，似乎曾在學校某處見過，記憶中對方好像獨自在校舍角落吃午飯，雖然當天妤璇只是路過，彼此並沒有什麼交集，但相似的氣息與處境卻在她心底留下了些許痕跡。

雙方就這樣望著彼此一段時間後，對方才起身走到角落指著牆角某塊區域，見妤璇疑惑又指向自己的手腕。

「妳藏了什麼嗎？」妤璇說完便拼命咳嗽，喉嚨也因此變得更加疼痛。

對方點頭，接著用手做出鏟土、以及敲打的動作，又再次讓妤璇搞不懂意思。

房間的鐵門被打開，一名矮胖的男人走了進來，對方打開手中的礦泉水後抬起妤璇的下巴，輕輕地將水倒進她的嘴裡。

「慢慢喝。」男人說道，她的喉嚨逐漸被滋潤，但意識也再次陷入朦朧。

（二）

（六月十日，下午五點四十分）

皓霆拍打琪琪家的大門，不出所料地無人回應，俊義悄悄地問文瀞會不會開門鎖，卻被對方無視。周老師勸皓霆別浪費時間，但他打算來硬的，人不在至少也要進去找點證據，搞不好有跟建設公司相關的資料。

他回車上拿了兩隻扳手繞到大樓側面，踩著鐵窗往上爬，一下子就爬到三樓琪琪家的鐵窗外，俊義見狀也跟著爬上去，兩人站在遮雨棚上，小心翼翼地檢查鏽蝕的鎖頭。

俊義的手比較細，勉強能伸進鐵窗的縫裡，皓霆讓他用兩隻扳手插進鎖頭，並讓鎖頭以及扳手的方向呈水平後，往兩側用力一扳將鎖頭給撬開，但也因為失衡險些跌落，所幸被皓霆及時抓住。

「男人一定都要這樣嗎？」

周老師被嚇得雙腿發軟，同時也注意到身旁的文瀞不見了。

推開鐵窗的皓霆發現窗戶被人打開，一名眼窩深邃、滿臉瘡疤的男子探出頭，直接與他對上眼。

「琪琪爸？」

周老師疑惑地喊道，琪琪爸看了站在下方的老師一眼後，拔腿就往大門跑去，皓霆也隨即跳進鐵窗追人，琪琪爸出玄關後連鞋都沒穿地直接往外跑，臉卻被小型滅火器打個正著，整個人因此倒在地上。

皓霆跟上後看見手持鈍器的文滲，尷尬地上前將琪琪爸壓制上銬。

「做事之前還是要思考後路喔。」文滲說完便將滅火器掛回原位。

「這次是我衝動了，謝謝妳，但下次不要這樣做，如果是血氣方剛的人被搶功勞，妳可是會惹麻煩的。」

慌忙跑上樓攔截的俊義，看見眼前景象也只能尷尬地靠在牆邊，周老師則緊隨其後，看著被壓制的琪琪爸，激動地要走上前去問話，但被俊義阻止了。

「先不要妨礙隊長工作。」俊義說道。

「你們到底是誰？」琪琪爸流著鼻血想衝撞皓霆，但力量過於懸殊，以至於他毫無勝算。

「警察。」皓霆亮出證件，琪琪爸看了臉色大變，「我們合理懷疑你家中持有毒品，並於昨日殺害自己的女兒汪書琪後棄屍在海岸邊。」

「書琪？」琪琪爸對皓霆的栽贓感到震驚，「胡說，我怎麼可能殺了她！」

「汪先生我建議你不要再裝了，她不久前被發現陳屍在海岸邊，死亡時間超過十個小時，而且我們已經掌握了所有你殺害她的證據。」

琪琪爸難以置信地睜大了眼，比剛才更加激動地搖頭。

「她不是我殺的！真的不是！因為這幾天她都不在我這裡！」

「那是誰殺的？說啊！你是不是知道些什麼？」面對質問，琪琪爸沒聽見似地在喃喃自語，皓霆將頭靠近也聽不懂對方到底在念啥，「你不說就等於認罪，我能直接讓你做一輩子的牢，聽懂了嗎？」

「你憑什麼？」汪先生焦慮地說：「我真的什麼都沒做！」

「是嗎？那你說人到底是誰殺的，你女兒這段期間又去哪了？」琪琪爸原本想栽贓周老師，但看到對方的臉孔時卻又沉默了，「我再說一次，你不講就當作人是你殺的。」

「書琪被帶走了……」琪琪爸說道，皓霆這才滿意地放輕壓制力道。

「被誰帶走？」

「對不起……」琪琪爸開始自顧自地道歉，接下來無論皓霆怎麼威脅他都是這副模樣。

支援到場後，他們在客廳的茶几桌角裡搜出海洛因跟吸食器，但這卻讓琪琪爸變得更加沉默，房裡也沒有找到任何跟元椿有關的資訊，這讓俊義有些頭痛，難道琪琪的事情其實跟打生樁無關嗎？還是琪琪爸在說謊？他不希望找妤璇的線索再次斷開，但現階段真的毫無辦法。

琪琪爸被帶走後，皓霆問兩人要不要吃點東西？俊義表情沉重地點頭，文瀞則一如既往地不表態，皓霆就讓跑腿的多買兩份便當。

此時俊義的母親打電話來，他便獨自來到樓梯間接電話。

「我聽說今天停課，你們兩個整天都在做什麼？晚餐吃了沒？」

「媽……我……」俊義摀著臉，妤璇失蹤的事情他應該要說的，但此刻內心諸多情緒交織，讓他難以啟齒。

「怎麼了？發生什麼事了嗎？」母親的語氣透露著擔憂，讓俊義激動地險些哭出來，但他很快收起了情緒，努力裝出平時的語調。

「沒事，今天放假我帶妹妹出來玩，雖然到處都是霧就是了，然後她剛剛遇到朋友，兩人手牽手去逛書店了。」

「這樣啊！現在翩木鎮霧大，記得不要太晚回家，話說海邊的事情聽說了嗎？我剛剛看到朋友傳消息給我，很恐怖誒！」

「沒聽過，等等我在查新聞，外婆的狀況還好嗎？」

「稍微穩定下來了，但還不能大意，所以我會多留幾天，聽到你們都沒事就好，我先掛了。」

「好。」

電話掛斷後，俊義雙腿發軟地倚靠著牆，心臟彷彿快跳出胸膛，乃至於全身都在跟著震盪。他以為自己說得出口，但內心卻遠比想像的要軟弱無能，只能全身發冷地坐在磁磚地上，精神恍惚地看著電梯來往的人潮，讓思緒逐漸遠去。

他突然想起當年在幼兒園時，曾因為有人的草莓被搶，而跟霸凌者大打出手的事情，當時的對手是全校體型最大的孩子，也是幼兒園裡的小霸王，所有小孩都不敢招惹，但自從他把小霸王按在地上打後，眾人才意識到這傢伙不過是紙老虎，體型大是因為肥胖，看起來孔武有力但其實肢體非常不靈活。

俊義不記得自己為什麼會那麼憤怒，畢竟那傢伙搶別人東西早已是司空見慣，而以往被搶的同學也都會大哭大鬧，為何那次特別憤怒？

那傢伙搶誰的草莓來著？在記憶的汪洋，有個人影載浮載沉，待浮出水面時他才想起，那人正是幼年時期的許文瀞，當時的她淚流滿面，左臉頰被利器劃出一道長且深的傷痕，而兇器就是小霸王手上的剪刀。

「你看起來好像都不緊張呢。」俊義頓時驚醒，發現文瀞蹲在一旁，白皙透嫩的臉蛋沒有半點瑕疵，「還睡得著是不擔心妹妹囉？」

「不是，可能是因為昨晚沒睡好，今天又忙一整天的緣故，害我不小心昏頭了。」

他疑惑地望著對方的左臉，記憶中的傷痕怎麼看都會留疤才對，難道疤痕會隨年齡逐漸淡去嗎？還是文瀞做了去疤治療？他隱約想起了些什麼，轉而看向文瀞的雙眼入了迷，記憶裡似乎曾看過另一種相似卻不相同的眼眸，而他小時候似乎有能力分辯，但那是用來分辨什麼的？情緒？抑或是身分？

「你這樣是性騷擾喔。」文瀞說道，但也沒將他推開，只是乾瞪著。

「對不起。」

「不要因為琪琪爸沒說實話就放棄希望喔，雖然我知道跟媽媽說謊很痛苦，但我們能做的只有繼續往前。」

「妳都聽到了？」

「基本上都聽到了，但不是故意的喔。」

「沒事……畢竟沒善盡哥哥職責的人是我。」

文瀞陪他坐在樓梯間，注視著窗外的景象，思考著這片雪白世界中能尋找到什麼？撥雲見日的真相？還是更多霧裡看花的祕密？

「隊長說今天先到此為止，也已經把晚餐買回來了，你會餓嗎？」文瀞的語調突然多了幾分溫柔，讓俊義有些不習慣。

「老實說蠻餓的，畢竟沒吃午餐，但這是不是意味著我很冷血，妹妹身處危險之中我居然還吃得下飯。」

「飢餓本來就是生物本能，比起擔心無法掌握的事情，更重要的是隨時做好準備，不要還沒達成目標就先倒下了喔。」

他們注視著彼此，俊義頓時有股熟悉感，也許多年前他倆也曾這樣肩並肩聊天，企圖在對方眼中找到某種歸屬或解答，但十二年前的災難迫使他們分開，當年的文瀞離開翩木鎮，去到年幼的他到不了的地方，而他們從工地逃出來後，甚至連最後一面都沒來得及見到。

文瀞緩緩地將臉靠到他耳邊，鼻息搔得他身子輕微顫抖。

「如果出現了跟妤璇一模一樣的人，你會在鏟子舀起最後一勺土之前，救錯人嗎？」文瀞小聲地問道。

「什麼意——」

「只管回答就好了喔。」文瀞面色始終平淡，但他感覺得到冰層下正壓抑著波濤洶湧的情緒，將會因為他的回答而有所變化。

「如果真的一模一樣，又是在那麼急迫的環境下，我應該會認錯，但只要她有辦法開口喊我的名字，我就有自信可以認得出來。」

文瀞聽了先是抿嘴，隨後竟露出微笑，俊義頓時覺得空蕩的樓梯間有些擁擠，身體變得炙熱無比，制服此刻也顯得有些厚重，樓梯彷彿搖籃似地擺盪，而他的胸膛也隨之震盪。

但笑容僅是曇花一現，文瀞便回復以往，起身時也沒理會俊義拉一把的請求，逕自走下樓，他無奈地望著女孩的背影，努力撐起發麻的右腿起身，蹣跚地走下樓去。

黃昏時分的霧氣變淡了些，俊義能看到對街的皓霆正在跟人商量事情，以及拿著便當的文瀞站在人行道上。皓霆見兩人到齊，便跟部下交代完剩下的事情後，朝著俊義招手表示要送他們回家，讓他們趕緊上車。

「我先送俊義回家，地址在哪？」皓霆打開導航系統輸入俊義報的地址後，接著問：「你想好怎麼跟父母解釋了嗎？」

「他們這幾天不在家，所以我還沒想好……」

「我可以理解你現在心裡承受很大的壓力，但你應該很清楚，這件事有義務讓你父母——」

「我會說的，我只是……需要多一點時間，對不起……」

俊義沉痛地將臉埋進手掌心，皓霆見了也不方便多說什麼，只能透過車內後照鏡望著文瀞，希望她能說點什麼，然而對方只是抱著便當，並不打算加入話題。也不知道是不是錯覺，皓霆總覺得文瀞給人的感覺不太一樣，準確來說，是眼神相比早晨多了幾分感性柔弱，在夕陽光照下似乎泛著淚光。

皓霆這才想起，那個喜怒不形於色、心靈堅強的許文瀞，也不過是正值碧玉年華的少女，但他並不知道文瀞眼神背後埋藏的究竟是什麼祕密。

汽車抵達俊義家附近後，皓霆找了塊空地停車，嘴裡說著要跟他們一起吃飯便逕自熄火下車。三人就這麼來到俊義家，各自拿了個便當吃，俊義跟皓霆狼吞虎嚥地吃著，唯獨文瀞打開橡皮筋後，遲遲沒有動筷子。

「怎麼了？」皓霆疑惑地問道：「便當菜色不合胃口？」

「只是在想事情喔。」

「有什麼想法都可以提出來討論啊！或是想到什麼事情想分享也可以，就當作是我們三人彼此談心。」皓霆釋出善意。

「只是覺得隊長做事的方式很野蠻，絲毫不管任何規矩，完全不像個有領導風範的警察喔。」文瀞的話讓俊義聽了險些噴飯，到底為何這女孩說話都要這麼有攻擊性？

「野蠻嗎……其實妳說的沒錯，雖然這世上有很多事情是無法照規矩來解決的，但讓你們看到不好的一面真是抱歉。」原先還在擔心文瀞的皓霆，聽到對方這般說詞也只能苦笑，他仍然搞不懂這女孩在想什麼。

「也不是說野蠻啦！畢竟隊長您為了我妹妹東奔西跑，如此費心我非常的感謝，還希望您可以繼續協助我們。」俊義著急地緩頰。

「這世上不存在無條件地為對方付出，每個人都是基於自己的目的跟理由在做事情喔。」文瀞不打算停止試探，雖然俊義很想摀著她的嘴，但也不禁陷入思考，皓霆究竟為何要如此投入在打生樁的調查？

「既然如此……妳應該也是吧？」皓霆試探性地問道。

「你覺得呢？」文瀞仍舊是面無表情，一如既往地讓人猜不透，就連閱人無數的皓霆都看不出問題背後的意涵。

時鐘的滴答聲替交談劃下終點，客廳頓時充斥著刻意的沉默，俊義夾在兩人中間，決定默默吃自己的便當不再介入。皓霆則在看了兩人幾眼後，一臉了然地笑了起來。

「還是希望你們別對我這麼戒備，我絕對是站在你們這裡的，好嗎？」說完，皓霆抓起便當裡的滷雞腿，粗魯地啃了起來。

「我們知道的，謝謝隊長。」雖然俊義不解皓霆懂了什麼，但還是希望能釋出善意，以防對方不願意繼續提供協助。

晚飯過後，俊義將三人的廚餘拿到廚房清理，似乎是覺得跟皓霆待在客廳不自在，所以文瀞也來幫忙沖洗便當盒。

「妳幹嘛要那樣跟隊長說話？」率先將廚餘清完的俊義，在文瀞耳邊小聲質問道。

「這只是在執行基本的防備而已喔，如果妤璇真的是被元椿建設給綁架，那麼身為元老級的建設公司，他們有可能不熟警方的人嗎？順帶一提，隊長他對打生樁可是非常地了解喔。」文瀞的話讓俊義陷入沉默，「對任何人都要留一線防備喔。」

俊義知道文瀞的心思，但現階段他們除了皓霆以外，沒有其他有用的人可以依靠也是事實。

「那妳感覺隊長這人如何？值得相信嗎？」

「感想剛剛說了，是做事很野蠻的警察喔。」面對文瀞的吐槽，俊義忍不住點頭，「但還是沒辦法完全判斷他值不值得信任，需要找更多方法測試喔。」

話是這樣說，但要拿什麼測試比較好？俊義想起翩木幼兒園的事情，以及皓霆今早承諾他們，只要協助闖入工地就會透露些許警方資訊，反正他們也還沒行使這項權利，不如測試看看皓霆會不會說話算話，抑或是……直接讓他們跟園長接觸？

「我想跟園長談談，如果他不願意跟警方談，那以前的學生說不定可以撬開他的嘴。」俊義說：「這樣不只能獲得情報，還能順便測試隊長。」

「你怎麼知道警局裡沒有他的學生呢？」

「也許有吧！畢竟翩木幼兒園真的很多年了，有幾個成年的學生也不奇怪，但我跟他們的狀況不同，也許能軟化園長的心防。」

「如何肯定呢？」

「我清楚園長是個怎麼樣的人，儘管很多人說他這些年變得有些古怪，但我相信他只是在壓抑真實的自己。」

「能這麼看他真讓人羨慕呢。」

俊義不懂文瀞的意思，但他也沒多問地直接回到客廳，看著正在跟部下傳訊息的皓霆，深呼吸一口氣。

「隊長，可以讓我們跟園長單獨見面嗎？」俊義的要求很出乎預料，皓霆聽了不禁皺眉想了解原因，「我認為園長現在還基於一些原因不說實話，也許我的處境能撬開他的嘴。」

「有我陪同的情況下勉強可以，但如果是單獨見面的話，你很清楚這不可能——」

「如果遵從形式的話確實不可能，但還是辦得到喔，況且是你答應我們協助案件就可以得到警方消息，所以俊義想跟園長單獨說話，這點隊長應該可以通融沒錯吧？」文瀞的話讓皓霆有點不高興，一度讓俊義擔憂地想出聲反悔，所幸皓霆的表情提前服軟。

「明天早上九點來警局找我，你只有五分鐘的談話時間，而且要遵守我定的規矩，只要違反規定，我就會進門把你趕出去，聽懂了嗎？」眼看俊義點頭，皓霆便起身走向大門對兩人說道：「我先走了，你們今天就先好好休息，明天可別睡過頭了。」

「沒問題，謝謝隊長。」

俊義上前送皓霆離開，沒想到文瀞也背著書包從他身旁走出大門，讓俊義有些錯愕，想出聲留住她卻始終喊不出口，只能望著對方的背影漸漸地消失在黑霧之中。

看著文瀞離開讓他內心有股難以言喻的悲傷，跟擔憂妤璇的情緒交織在一起後，強忍已久的眼淚終於澈底失控，他趕緊將大門關上，倚靠在門邊放聲痛哭。

（三）

（六月十日，**晚上十一點**）

俊義站在妤璇的房門前，紅腫的雙眼無神地望著房內，書桌上有個資料夾，如果他沒記錯的話，裡面除了繪畫的獎狀外，還有一張作文比賽的優勝獎狀，當時題目是兒時記趣，妤璇在作文紙上寫滿了自己跟哥哥的生活點滴，內容有歡笑、吵架以及最重要的陪伴，真摯動人的情感打動了評審，因此獲得了第一名，不料得獎當天，妤璇說自己只是想到什麼就寫什麼，沒像評語說得想這麼多，讓大家在臺下都笑開了花。

妤璇的床上放著俊義之前送的玩偶，三年前他跟朋友們到新開的百貨公司逛街時，發現裡頭有間電子遊樂場，而贈品架上有妹妹之前提到的卡通玩偶，俊義便拜託朋友陪他一起打彩票，甚至花整天時間找人要彩票，才終於把玩偶給帶回家，雖然事後被母親笑說同款玩偶網路就有賣，售價還比他們花的錢更便宜，但妤璇直到今天都很珍惜那玩偶，也讓俊義深感值得。

「對不起……都是我的錯……」

俊義默默地回到房裡，他知道自己必須休息，這樣明天才有精神去面對更多事情，因此他躺在床上，努力讓心情冷靜下來，然而屋子裡充滿了妹妹的回憶，使得情緒完全無法平息，也始終無法入眠。

這種深刻的自責感，很多年前也有過，但他想不起來當時到底在自責什麼。

你跟醫生聊天時，說自己失去了很重要的東西，還說全都是你的錯。母親的話在他腦裡迴盪，那個重要的東西是許文瀞嗎？如果是，那究竟是什麼原因導致文瀞離開？他總覺得並不只是因為他們從打生樁事件中死裡逃生，肯定還另有其他原因。

聽見手機傳來訊息聲響時，他煩躁地用枕頭蓋住耳朵，今天朋友們拼命傳訊息問他要不要出去玩，起先他回覆的很客氣，偏偏有幾人不死心地照三餐問，煩得他只能關閉這群人的訊息通知，現在這麼晚了，不曉得又是誰拼命傳訊息？反正肯定是因為明天週六，所以想找他出去吃宵夜，因此他看也沒看地將手機靜音。

然而訊息仍不斷傳來，整張床竟因此而震動，氣得他想把手機關機，卻又在看見傳訊息的人後激動地跳下床，奔向大門的速度超越了他在田徑比賽的短跑紀錄。

「你們家的門鈴壞掉囉，記得找人來修裡，然後你的眼睛腫的像是被人打過喔。」身著便服的文瀞，伸手替他抹去了眼角的淚水，對方的體溫十分冰冷，但對他燒紅的雙眼來說相當舒適，「不邀請我進屋嗎？」

「抱歉。」俊義邀請文瀞進屋時，注意到她手上提了一袋盥洗用具，訝異地問道：「妳打算留宿嗎？」

「有沙發就可以了喔。」

「妳家人沒意見嗎？」

「今天也是我自己在家而已喔。」

「為什麼妳願意做到這種地步？明明我——」俊義話還沒說完，文瀞便打算轉身離開，嚇得他趕緊道歉，對方聽了倒也乾脆地回到屋內。

「明天要早起，所以等等要直接睡覺，起床前絕對不可以靠近客廳喔。」文瀞說到後面那句話時，不知道是不是錯覺，俊義總覺得語氣變得比平時冰冷。

「我發誓睡覺期間絕對不會靠近客廳半步。」俊義對天發誓完後說道：「謝謝妳。」

「我是基於自己的理由，才選擇幫助你的喔。」

「就算是這樣也沒關係，有妳在這裡就夠了。」

文瀞原本張嘴想說些什麼，但她最後選擇與俊義擦身而過，朝著記憶中廁所的方向走去。

（六月十日，午夜十二點）

西裝男倚靠在自己的轎車旁，手指飛快地回覆著主管的訊息，時不時地會抬頭環顧四周，直到他看見一名男子從霧中走來，才戒備地放下手機，同時摸向腰間懸掛的甩棍。

「要不是舊傷在痛，不然我真想打你一頓。」對方走近後，劈頭就罵道：「一直以來董事會都是教你要低調行事，不是讓你把事情給鬧大。」

「有辦法處理好嗎？」確認來者身份後，西裝男才長舒一口氣。

「這次車禍動靜鬧得太大，根本就沒辦法處理好嗎！更糟糕的是有人攔截到消息了。」男人嘴上的菸在霧中忽明忽暗，「琮輝，你以往辦事明明都乾淨俐落，今天這是怎麼了？你是想讓全鎮的人注意到自己的存在嗎？」

「不擇手段地除掉目標跟回收資訊，這就是我的工作，至於善後是你們警察的工作，記得嗎？」

「我知道，就是把麻煩丟給我們擦屁股的意思。」男人用力吸完最後一口菸後，先在左手把玩了一陣子，才將菸蒂彈進下水道內，「喔對，有人開始攪局了。」

「用膝蓋想也知道，又是張皓霆嗎？」

「沒錯，但這次不一樣，多了兩個高中生。」

「高中生？」琮輝臉色變得十分陰沉，腹部的舊傷疤也在隱隱作痛，「叫什麼名字？」

「忘了，只知道他們是一男一女的情侶檔，怎麼？不就小孩子而已，你難道還會怕他們不成？」

「說不定。」琮輝隔著襯衫按壓腹部的舊傷疤，心想當年拿刀刺向自己的男童，終究還是來了，「總之你繼續幫我監視他們的動向，有任何新資訊就回報給我。」

「知道了。」

上車後，琮輝立刻駛離現場，在停紅綠燈時，他感覺舊傷越來越痛，便從置物箱裡拿出止痛藥，連水都沒配地直接扔進嘴裡咀嚼。

（四）

（六月十一日，上午九點半）

記憶裡的園長始終掛著微笑，跟老婆共同經營著翩木鎮唯一的公立幼兒園，他不是名人、也不是偉人，而是家長跟孩子們眼中的好鄰居。

那樣的園長，現在正憔悴地注視著發亮的手銬，骨瘦如材的模樣相當恐怖，警察們怕他屁股久坐會受傷，還替偵訊室的椅子加厚了座墊。然而園長始終瞇著眼像是在沉思，抑或是午睡打盹，一直到俊義走進偵訊室時，才睜大了雙眼。

「園長。」俊義拉開對面的椅子，沉重地坐下，「你還記得我嗎？」

「偷拿麥克風唱歌的男孩……你長大了。」

「是只有我這樣做過，才會讓你印象深刻嗎？」園長沒有回答，俊義接著問：「你還記得盧好璇嗎？」

「學生太多，不記得了。」

「但你卻記得我？」

「我不可能忘得了你。」園長的話讓他打了個冷顫，「雙面鏡後面的那群警察派你來問我話的？」

「跟他們無關，我妹妹被失蹤，現在很可能在元椿建設手上，如果沒錯的話他們應該是要做打生椿吧？」

「打生椿？」園長嘲諷地笑道：「沒想到你會相信這種東西存在。」

「如果不存在，你又是為什麼要把小孩塞進牆壁裡？那些起霧後失蹤的孩子去了哪裡？海邊的那座小廟祭拜的對象又是誰？還有……」俊義身子前傾，加重語氣地說：「當年建商為什麼要把我綁架到海邊的工地裡？」

「你居然想起自己以前被綁架過，幹得不錯。」園長表示敬佩地拍起手，卻沒有跟著承認打生椿存在，「你有沒有想過自己妹妹單純是被某人綁架的可能？」

「如果我跟警方的猜想沒錯，打生椿的男女童都會挑有靈異體質的人對吧？包含被你塞在牆壁裡的男孩，還有好璇都是靈異體質，又剛好在元椿建設有新工地時失蹤，這不是很巧嗎？」園長聽了聳肩，俊義對這種態度相當火大。

「我聽說你做了心理治療，你應該保持那個成果，才不會浪費錢。」
「可以告訴我為什麼嗎？」
「你想問什麼？」
「為什麼你要這麼做？」俊義激動地拍桌質問：「當年總把孩子放在心上的園長去哪了？明明當初學生摔破獎盃時，你沒有責備反而先關心學生有沒有受傷，每個老師都受不了的搗蛋愛哭鬼，你也不厭其煩地花時間哄他冷靜，那個陪伴孩子，假日帶他去各處玩耍的你……到底為什麼要做這種事？」
「你對我有很多誤會，我完全不是你以為的那種人，翩木鎮發展得太快，我曾以為自己到死這裡都會如一，結果短短十二年街道澈底改變，大樓也越蓋越多，卻連帶增設了許多幼兒園與學校。以前我們會抱怨菜市場太小，家長更常抱怨孩子都必須離鄉唸好的高中，現在我們街道多了量販店跟百貨公司，城鎮多了一所高中跟國中，小學仍再擴建，就連幼兒園也是。」
「這是你把小孩埋進牆壁做打生樁的理由嗎？」
「別誤會，我可沒有做打生樁。」園長看了眼雙面鏡，這句話很明顯是說給警方聽的，「但這世上有些事情在你們眼裡看來很瘋狂，偏偏人們卻因此受惠。」
「我不管翩木鎮想怎樣發展，畢竟我從沒喜歡過這裡，現在的我也只想救妹妹。」
「你相信鬼嗎？」
「我相信，因為妹妹她——」
「騙自己可不好，看著我再說一次，你相信鬼嗎？相信妹妹說的那些話嗎？」

俊義原先強硬的態度有些動搖，好璇確實說過太多無法想像的事情，如果換做其他親戚大概只會當童言聽聽，但外人會怎麼看待她？這也是為什麼妹妹始終不願跟同儕提起這件事，而她不說也是對的，自從陳家女兒事件傳出去後，她開始承受同學們的歧視跟排擠。

從那天起俊義告訴自己要相信好璇，不然妹妹可能會從此封閉心靈，而他們全家都不希望妹妹變成那樣。

但真的嗎？他真的相信得了嗎？還是他在騙自己？

「我們這種人只會在需要的時候，才往廟裡跑，缺錢就去土地公廟，想交另一半就去月老那裡，生活不順就去最近的廟宇，但其實也只是想求個心安，很多時候還是不當一回事，甚至不管不問裡面供奉的是誰，也不會去思考為何缺錢要拜土地公。什麼事都沒有時就對宗教嗤之以鼻，抱怨爐前的香火難聞，燒紙污染環境，鞭炮聲太過吵雜，但並不是你選擇視而不見某些東西就會消失。」

「你口口聲聲否認打生樁的存在，但其實我查過資料了，雖然把餓死的孩童塞進牆壁或埋在地底並非打生樁常規的儀式，但卻有助於改變風水，而你刻意找人來敲磁磚，其實是為了讓居民們知道翩木鎮失蹤的孩子們，可能都是被藏在房屋下或牆壁裡，對嗎？」園長聽了露出詭譎地笑容，卻仍舊是聳肩表示否認，俊義握緊拳頭，壓抑著再次捶桌的衝動說：「拜託你，說你是這麼想的……告訴我，你還是以前那個園長。」

「盧俊義……」園長輕聲笑道：「別再介入這件事了。」

「我不可能放棄好璇！」俊義吼道：「快說你是故意要揭發打生樁！」

「是那孩子引領磁磚師傅找到他的，你真以為我會笨到害自己被關嗎？」園長的笑聲彷彿樹鵲，尖啞刺耳地迴盪在偵訊室，「聽好了，這世上不存在真正善良的人，理性不過是條斷裂的線，你越想維持就必須掐得越緊，同時手掌也會越痛，放開雖然不道德卻輕鬆自在，但你又怎麼知道這是錯的？所以你別再介入這件事了，這就是我最後的勸告。」

偵訊室的門被用力推開，俊義原以為時間到了，沒想到進來的人是文瀞，園長看見她時笑聲戛然而止，嘴角也頓時垂下。

「園長，好久不見了呢。」文瀞說。

「是妳……」園長的表情變得有些驚恐，俊義不懂為何對方會有這種反應。

「當初你欠我的，現在是時候還了，可以的話希望你告訴我們，到底是誰幫你把屍體塞進牆壁裡的，還有背後執行儀式的法師又是誰呢？」

「妳說話怎麼變得這麼怪裡怪氣？」

「人都會變喔，就跟你一樣……喔不對，你始終沒變。」

「妳為什麼回來了？」

「為什麼呢？」

文瀞走上前，指尖順著桌面一路滑到園長的手上，接著她用氣音悄悄地在對方耳邊說了些什麼，俊義原本想上前聽，皓霆卻率先進到偵訊室內。

「我有說過不能靠近他，滾出去！」皓霆憤怒地吼道，文瀞連續違反了兩條規定，絕不靠近園長、以及所有對話都要公開。

「玉成街……那裡有一間宮廟。」園長低著頭說：「裡面會有你們要的答案，我只能說到這，剩下的已經不是我的職責範圍，所以我一概不知。」

「真的嗎？」

「我真的不知道她在哪……對不起。」

「也許我們都有點表裡不一呢，園長你明明就充滿罪惡感，卻又喜歡裝得像是壞人一樣，希望你能活久一點，直到足以為自己做的事情贖罪為止喔。」最後兩句話文澥說得很小聲，但俊義聽得一清二楚。

「對不起。」

園長的道歉讓俊義跟皓霆茫然，然而文澥逕自走出了偵訊室，園長起身想追上，卻被手銬跟皓霆給阻止了，他仍不斷道歉，豆大的眼淚順著臉頰滾落，卻無法換得女孩的回頭。

俊義追上文澥時，對方拿著紙杯在飲水機前裝水，水裝滿時她卻將杯子遞給了身後的男孩。

「幹嘛？」

「只是覺得你好像很渴喔。」

「是沒錯。」俊義接過紙杯後問道：「妳到底跟園長說了什麼，他怎麼突然變這樣？」

「你當初應該殺了我。」文澥說道。

「誒？」

「沒什麼，只是稍微提了一下陳年往事，他就崩潰了喔。」文澥拿手機給他看，上面是一間叫翩孿宮的廟宇資訊，地址正如園長說的在玉成街上，「要去嗎？」

「當然，但妳能把他逼到崩潰，表示妳根本記得當年工地發生的事吧？」

「我反而覺得你能忘記很厲害，因為當年就是園長把你送到海岸邊給元椿建設的喔。」俊義驚的被水嗆到，所幸文滯提前避開了，「當年他可能參與了元椿建設提出的發展計畫，畢竟城鎮有人居住，才能讓幼兒園延續下去喔。」

「但我們看不到鬼啊！為什麼他——」

俊義的精神頓時有些恍惚，一段記憶自腦海深處浮現，當年他跟園長在公園裡遇見了正在哭的文滯，臉上的傷口結痂後明顯變淡許多，顯然距離草莓事件已經過了許久。三人就這樣一起散步，從公園來到了海岸邊，園長突然讓他們在原地等著，自己則去見了某位朋友。

他還記得自己跟文滯等了很久，始終等不到園長回來，直到兩人不耐煩地要回去時，霧中走來一名男子，從後摀住文滯的嘴，將她給抓了起來。

「應該是因為搞錯了吧？等他費盡千辛萬苦把人騙去了以後，才發現原來儀式有選擇條件喔。」文滯的話將俊義拉回現實，他內心悲痛地望著眼前的女孩，卻不知道為何會有這種感覺，

「你這樣也算性騷擾喔。」

「妳規則真多，是說為什麼條件一定要能看得見鬼的孩子？」

「要等我們去那間廟才能知道喔。」

待他們準備返回偵訊室找皓霆時，對方先一步找了過來，他痛罵文滯剛剛的舉動，還不斷質問她到底跟園長說了什麼，俊義原本想幫忙解圍，但被文滯給推開。

「只是在講十二年前的事情喔，我們的目的不是問出答案嗎？我剛剛難道沒達成目的嗎？」

「妳不要以為自己年輕就所向無敵，我隨時可以把妳踢出去。」

「我跟俊義的確隨時都能被踢出去沒錯，但隊長，是你說這案子需要我們的記得嗎？我跟他的用途還沒結束對吧？況且你也不能直接去那座廟，還是需要我們代為闖入喔。」

「我可以找其他人進去。」

「那隊長去找吧，就像前面那幾年一樣，建商高層還是認得你們警方所有人，你們還是什麼都找不到，因為建商想得總是比你還要遠喔。」文瀞見對方眼神仍舊強硬，便接著說：「不知道刑事局局長，會不會因為你找高中生介入，而強制收回這些案件的調查權呢？畢竟你一直在插手別人的業務喔。」

皓霆聽了輕咬嘴唇，原本指著文瀞的手也緩緩放下，氣勢明顯比剛才要弱了不少，俊義不懂，為何這女孩總是無所畏懼的樣子？她想找到的東西到底是什麼？竟會讓她如此執著。

「這次我就先放過妳，但要是妳繼續把我的話當耳邊風，就立刻給我滾回家。」

皓霆吼道，文瀞聽了只是面無表情地點頭，讓人搞不懂她到底有沒有聽進去，皓霆也只能就此作罷。俊義膽怯地表示該去宮廟了，問皓霆能不能載他們前往，對方卻表示自己剛剛才得知昨日山邊發生了一起車禍，因為車禍地點離工地很近，所以他打算跟呆頭鵝前去現場勘查。

兩人來到警局門外，騎上腳踏車前往寺廟。文瀞的報路相當專業，俊義只要注意行人跟其他車輛便可，也慶幸昨晚俊義有順利睡一覺，今天才不至於體力不支。

騎了約半小時的車程後，兩人終於抵達了玉成街上，平時這條大馬路市聲鼎沸，如今腳踏車生鏽的齒輪摩擦聲卻清晰迴盪，雖說居民早已習慣在霧裡開車，但大多數人還是能避免就避免。

他們繼續往前，路過一間餐館時俊義不禁停車觀望，現在時間接近中午，居民們窩在店裡閒聊，臉上的笑容讓俊義有些心寒，眾人對這座城鎮如何崛起渾然不知，但他好希望自己也是個可以悠閒吃麵的人。

「肚子餓了嗎？」文瀞見他看得那麼入迷，便在他耳邊問道。

「抱歉，我只是在想事情而已，接下來往哪走？」

文瀞指引他彎進機車用品店旁的小巷，那間廟就座落在兩棟公寓之間，如果你從公寓頂樓往下看，會覺得它很像連結兩棟公寓的轉軸。俊義原以為身在這種小巷裡的宮廟會很小，實際抵達後才發現規模其實頗大。

「我從小到大都在翩木鎮長大，居然不知道這裡有間廟。」俊義說。

「你也不是每次都會路過這條街吧？」

「那倒也是。」

翩孿宮裡很安靜，空氣也不像其他廟宇充滿線香的味道，反而有股薰衣草味，俊義這才注意到每個香爐裡的香腳跟香灰極少，讓俊義感覺這裡所有的香爐都是裝飾。

兩扇大門分別畫著秦瓊跟敬德，天花板的藻井住著一頭金龍，炯炯有神地注視眾生，俊義很久以前跟奶奶去臺南拜拜時看過設計類似的藻井，但那座是大廟，想不到這座小廟竟然也能這般豪華。

高舉火尖槍的三太子孤身佇立於主殿上，媽祖於後殿伴隨眾神注視俊義跟文瀞，側殿的城隍爺像是護衛，與其他神祇整齊排列在桌上。

「兩位有什麼事嗎？」一名老人家從簾子後走出來，面色慈祥地問。

「你好，請問這裡有在幫人收驚嗎？」俊義問道。

「當然有，是誰需要收驚呢？」

「我。」文瀞主動地舉手，讓俊義頓時尷尬，原本是想廟公幫他收驚時，讓觀察力較好的文瀞四處翻找祕密，結果對方居然自告奮勇要支開廟公。

「最近發生了什麼事情嗎？」

「我妹妹前陣子出車禍，當時她就在我身旁喔。」俊義錯愕地看著文瀞，哪有人這樣借題發揮的？

「感覺妳不是很慌張，妹妹傷勢應該不重吧？」

「目前狀況很危險，所以我想順便拜拜乞求她平安喔。」

「這樣啊……那旁邊的同學呢？」廟公指著俊義問道。

「我來一起幫她妹妹求平安。」

「真是好同學，你們先照著順序拜一圈，拜完後回來找我收驚跟拿金紙，香爐就在後面而已，走進後殿旁邊的門就能看到了。」

兩人前去點香時，俊義用眼角餘光看向廟公，發現對方在辦公室裡，像是找不到某樣東西似地拼命抓頭，沒多久終於在櫃子裡找到他要的東西，是一疊冥紙，俊義不懂為何冥紙需要找那麼久，這東西不應該都是整捆放在外面的嗎？

兩人拜完後回到門口，廟公拿出那疊貼著銀色鋁箔的冥紙，俊義原本想拿，不料廟公刻意不給，讓他不解地愣在原地，直到文瀞投了香油錢，廟公才滿意地將紙錢交出去。

他前往位在廟宇後方的爐子，爐子上方有根煙管連到某個吵雜的機械裝置，旁邊還堆滿了好幾疊二手書，有雜誌、各種商業書籍以及廢報紙，有疊最上面還塞了本大尺度的寫真集，讓俊義忍不住翻白眼，心想這到底是要燒給誰看的？

他點燃冥紙後一口氣全丟進爐子裡，接著想像自己是要找廁所的人四處遊蕩。他推開一扇木門，發現裡頭真的是廁所後，便裝沒事地將門關上，接著跑去開另一扇門，可惜裡面是掃具間，讓他嘔氣地準備前往下一間。

沒想到掃具間的燈泡突然被點亮，他的眼角餘光似乎看見了一道嬌小的身影，轉頭時卻發現那身影只是堆放在牆邊的油漆罐，反而是剛剛還立著的掃把突然倒下，握柄指著右方的牆面。俊義疑惑地走上前輕觸牆壁，卻沒有感覺到異狀，只能暗自吐槽自己真的想多了。

正當他想轉身離去時，牆後傳來了細小的腳步聲，頭頂的鹵素燈泡也跟著閃爍，嚇得他倒退一步，卻不慎踩到掃把導致失去平衡，勉強拉回重心又因為用力過猛而往牆壁撲上去，沒想到牆面像旋轉門似地打開一條縫，用力推便能看見通往地下室的旋轉樓梯，詭異的是樓梯間完全沒人，讓俊義搞不懂剛剛的腳步聲究竟從何而來。

他不安地走進去，將牆壁推回原位後沿著石階下樓，由於階梯沒開燈，他只能拿出手機照明，下到最底層時映入眼簾的是兩根水泥柱，兩根柱子的中央放了一個香爐，遠遠就能看見爐裡插滿香腳，跟樓上的景象截然不同。香爐後是張供品桌，上面放了新鮮的水果跟紅龜粿，供品桌後便是這座廟真正的主殿，兩名孩童的銅像，男孩舞著一把利劍，眼神無懼地看向前方，女孩雙手拉一張網，面色慈悲地看著地面。

他原以為地下室會很悶熱，所幸這裡蠻涼爽的，只是空氣瀰漫著濃烈的線香氣味，與潮濕的泥土混搭顯得有些刺鼻。

兩根柱子相當普通，就像地下室常見的水泥柱，但沒有鋪設磁磚，也沒有用油漆粉刷過。柱子右側有玻璃櫃，裡面放了搖鈴、各式各樣的旗子跟防潮盒，但卻沒有書籍或資料夾。

他繞過主殿來到對面的牆壁，手電筒一照才發現上頭刻有許多人名，名字底下還刻了捐款金額，其中一個人甚至破千萬。他拿出手機想查人名卻發現地下室沒訊號，只好四處拍照後急忙地往樓梯口奔去，收驚不需要這麼久，萬一廟公起疑心就糟了。

爬樓梯時他放輕腳步，畢竟這裡很空曠容易有回音，離開地下室後他感覺有點違和，原先收驚的念咒聲沒了，周遭也安靜的過於異常，他在跑出掃具間的瞬間發現眼角有團黑影襲來，他抬手要格擋卻沒護好，眼窩被拳頭直接命中。

「找這座廟有什麼事？」琮輝嚴厲地將他壓制住，「我還有事情要忙，你的回答也會決定我怎麼處理……」琮輝仔細端詳他的臉後陰沉地說：「盧俊義。」

「你為什麼會知道我是誰……？」俊義拼命掙扎，但始終無法掙脫。

「頭家，那女的跑了！」身著花襯衫的平頭男慌張地跑來，用鮮紅的檳榔嘴說道，氣質跟琮輝完全相反。

「跑了那你回來幹什麼？」琮輝語調平淡，對方卻嚇得渾身發抖。

「拍謝，我再去找。」

花襯衫離開後，俊義便趁機踢向琮輝的腹部，沒想到攻擊不只被擋下，腳還被對方給控制住。

「你的伙伴跑哪去了？」俊義搖頭表示不知道，手跟腳因此被折得更加疼痛，「建議你快點想起來。」

「我真的不知道！我也是被丟在這裡的！」

琮輝用膝蓋壓著俊義的頸部，並從他口袋裡搶走手機，解鎖後打開通訊軟體逐一點開女性好友的照片與資訊，問身旁的廟公是不是這人，但廟公始終沒有看到對的，俊義頓時慶幸文瀞沒有設置頭貼，而且看廟公不認得名字，估計她連收驚時的名字都謊報了吧？

琮輝作罷地打算關掉通訊軟體，卻發現張皓霆在好友名單中，便皮笑肉不笑地將俊義的照片乃至雲端備份全部砍掉。

「你必須跟我走一趟。」

琮輝拿出兩條粗厚地束帶綁住俊義的手腕跟拇指，接著將他拉起來帶往地下室。俊義原本想用力撐斷束帶，但這束帶不像文具店裡賣的那種脆落易斷，使得他只要施力拇指就像是要斷裂般疼痛，讓他氣的只能在內心咒罵。

（五）

（六月十一日，下午一點）

「因為碎片四散，所以他們處理翻覆汽車時似乎花了很久，駕駛昨天已經送醫了，但狀況看起來很不樂觀，然後有關於我說很奇怪的點，皓哥你看。」呆頭鵝用筆指著地面說：「煞車痕在很早之前就斷了，顯然他有嘗試要停車，然後他們說找不到車主的手機，就連我私下跑去調查也沒發現，應該是被某人私下拿走了。」

「有調閱行車記錄器了嗎？」

「他們說這人沒裝行車記錄器。」

「騙誰啊，肯定被處理掉了。」皓霆接過呆頭鵝的手機，查看今早攔截消息時收到的現場照片，其中包含被抬上擔架的車主，「知道車主的身分嗎？」

「當然，他名叫邱申寬，是百貨旅館預建地的工地主任，去年為止都住在新北市，今年才搬到翩木鎮。」

「車禍跟元椿有關嗎？」

「不清楚，目前沒有找到相關證據。」

「有辦法找到他最後跟誰聯繫嗎？」

「攔截消息的第一時間，我已經叫人去軟體公司調閱對話紀錄了，這樣就能知道他出事前到底都跟誰聯繫過。」

「呆頭鵝變天鵝了。」

「跟皓哥這麼久了，多少還是有點長進。」呆頭鵝訕訕地笑道。

「那走路不要像企鵝，好好邁出腳步。」

皓霆輕拍呆頭鵝的背，他也只能無奈地點頭。皓霆想回局裡，畢竟琪琪案已經被交給偵查二隊處理了，這意味著他必須要去刑大隊那裡，才能見到琪琪爸，不過見到了又能怎樣？只要他還是那樣瘋瘋癲癲的不肯配合，就無法問出所以然。如果讓對方看到女兒的屍體，能不能軟化他的心防？但會把女兒弄成這般田地的父親，效果能有多少就是未知數了。

街道上的霧氣相比正中午又變濃了許多，氣象說越接近夜晚霧氣會越重，建商或許會在夜晚施行打生樁，至於是哪天他不清楚，觀察工地整晚的部下也說裡頭沒有任何動靜，希望這意味著元樁還沒進行儀式。

目前最頭疼的莫過於手邊一點證據都沒有，皓霆苦惱地抓著頭，既然這群人做了那麼多壞事，就一定會有失手的時候，怎麼可能半點痕跡都沒留下？

他準備回車上時，發現有個人守在他的車子旁邊，對方先是打了招呼接著遞出名片，是名叫張志光的新聞記者，皓霆聽過這名字，畢竟這記者在翩木鎮可有名了，消息靈通得像在大街小巷乃至床底下裝竊聽器似的，以前的案子對方也都不知道從哪弄來最新案件進度，讓皓霆懷疑底下有人洩密。

如今對方竟然親自洽臨，皓霆理所當然地感到不屑，便想將名片退回去。

「張隊長，請原諒我突然來訪。」

「新聞部的消息很靈通嘛！連我在哪都能找到，下次幫我打聽蚵仔麵線後面那間咖啡廳的女店員叫什麼名字。」

「萬平路上的那間是吧？她住在同條街上，姓王名雨潔。」皓霆對此驚愕不已，隨便問而已這傢伙居然真的知道，怕是連他昨晚洗澡水幾度這傢伙都知道吧？「至於電話號碼，就要請隊長回答一下問題了。」

「我沒空，電話號碼我也不要了。」皓霆將他推開。

「真的嗎？我可是昨天車禍的邱先生最後聯繫的人喔！」皓霆聽了停下腳步，而志光也放出手機錄音，裡面是他跟工地主任的通話內容，對方很清楚地說要爆料打生樁的事，「因為我遲遲等不到他傳資料，所以就試著去打聽消息，沒想到會發生這種事情。」

「你找我到底有什麼事？我這邊不歡迎記者。」

「我知道，畢竟你是位盡責的隊長，但還是希望你能耐心地聽我講完，八年前我剛來到翩木鎮時寫過一篇文章，是有關於十二年前的四名孩童失蹤案，內容還提到了許多個人猜想，但也許是因為猜中了，我在接下來的幾天一直收到威脅訊息，為了避免麻煩我下架了文章，也不再發類似的文章，但其實我非常地好奇，就決定累積人脈來私下調查，結果就是發現了這座城鎮的祕密，你肯定知道是什麼吧？」

「所以呢？你想說自己很厲害嗎？」

「不，我並不厲害，就算知道的再多，也沒辦法實質地做任何事，我原以為這座城鎮會守著祕密到最後，直到我遇見了你。」

「你的意思是我們曾經見過嗎？」皓霆開始回憶過往辦案時的畫面，就連塞滿記者的逮捕嫌犯場面，都絲毫不記得這人的存在。

「雖說我不需要下場跟拍，但我的確為了打生樁走訪很多地點勘查，甚至針對翩木鎮最早是如何建房的都有研究，早期比較簡單，蓋不成就換地方，但這導致城鎮範圍太小，發展也嚴重受限，所以就要有突破才行。」

張志光突然拿出水壺狂喝，皓霆這才發現對方嘴唇嚴重乾裂，眼睛下方有嚴重的黑眼圈，鼻子也略微紅腫，曾經有個部下也像他這樣，那是過敏性鼻炎的症狀。

「抱歉。」志光收起水壺後，接著說：「沿海的那座小廟你肯定知道吧？多數居民並不知道那座小廟是在祭拜誰，但你跟我這些知道打生樁存在的人，都知道海岸下面可能埋著孩童，直到五年前某起男童失蹤案發生後，你為了證明打生樁的存在去挖了那座小廟，結果下面卻什麼都沒有對吧？然後那名失蹤的男童身分，倘若我的情報沒錯，應該是你的堂——」

「骨骸肯定還在那裡，只是不清楚位置而已，沒有人說骨骸一定要在小廟下，但我不可能把整條海岸都掀開，更不可能去拆了別人家的牆，怎麼？你大老遠來嘲諷我的嗎？」

「就像你最初說的那樣，我是來挖新聞的，畢竟打生樁的資訊本來應該是對我爆料，但既然現在被攔截了，我決定要跟你合作，相信我，你會需要我的幫忙，我這邊可以提供大量的消息與人脈，所以名片你還是收下吧！上面有我的ＩＤ，想通後傳個貼圖給我就可以了，這邊永遠都有頭條為你而留。」

志光說完便離開了現場，皓霆將名片折半塞進口袋後，忍不住笑了起來，這群記者為了獨家真的什麼都敢講。上車後，他手機收到文瀞傳來的訊息，說調查的事跡敗露，雖然她即時逃出來，但俊義被抓走了。

皓霆驚得打開導航，搜尋廟宇的地址後驅車前去救人，行駛途中他想打電話叫支援，但想到陣仗如果搞太大，驚動到正在渡假的混帳局長，肯定會讓事情變得更麻煩。

雖然目前狀況十萬火急，但他仍會在經過路口時放慢速度，偶爾按個喇叭，這是翩木鎮居民在霧天開車時的共識，用來提醒對向車輛跟行人注意。當他開到山區跟海岸線交織的路口時，不幸地被紅燈給擋了下來，只要過了這路口再往前開一段就會抵達海邊，紅綠燈會少很多、霧氣也會散去，所以他原本還想直接闖紅燈，然而後頭的轎車輕按兩聲喇叭吸引了他的注意。

那輛轎車停在旁邊，身著白T的駕駛用手示意他拉下車窗，皓霆打開車窗後，對方面帶微笑地雙手合十。

「抱歉，我們剛來這邊觀光，結果迷路了，想問你知不知道老街在哪？」

「老街？那你完全開錯方向了，前面這條萬應路可以直接左轉回對向，然後沿著山壁一直開，仔細看有條路口會有間便利商店，彎進去直走第二個路口左轉，然後在第五個路口右轉繼續開就能看到了。」

「真的？太感謝了，你是警察嗎？感覺很可靠誒！」

「你的依據真奇怪，總之很高興能幫助到你。」

綠燈時對方向皓霆揮手致意，他也禮貌地回覆後將車窗關上，但對方卻沒有往左開，使他疑惑地看了後照鏡一眼，忽略了霧裡衝來的對向車輛。

皓霆的車頭被一輛休旅車撞上，使他整輛車向右平移打滑，甚至險些翻覆，所幸最後穩住了方向盤才沒釀成災難，但汽車也因此熄火。

皓霆用瑞士刀刺破氣囊後，發現那輛休旅車擋住了前路，車上還下來了五個人，問路的也用轎車擋住退路。周遭路人見狀嚇得趕緊躲避，為首穿著黑色骷髏T恤的人手持鎚子，朝駕駛座車窗敲下，但卻沒能敲出痕跡，對方見狀便開始用蠻力連續敲窗，玻璃也因此出現裂痕，雖說皓霆曾預想過這種狀況，所以加厚了車窗還貼上防暴膜，但車窗還是有承受極限在。

他努力想發動引擎，但這輛該死的破車就是只會哀不會動，車窗仍在承受重擊，整個窗戶已經裂成了蜘蛛網狀，他仍奮力踩著煞車要發動汽車。持鎚的人見車窗即將破裂，稍微活動筋骨後用盡全力把車窗敲破，皓霆也在此刻成功發動引擎。

由於後頭的轎車較小，因此皓霆打倒車檔往後衝撞，裡頭的駕駛因此被衝擊震得頭昏，他頂著身體不適換檔後，把方向盤向左打到底踩油門，用汽車嚇跑那些手持武器的流氓們，前方的休旅車駕駛見狀趕緊倒車，卻沒能擋下他。

皓霆忍痛撥電話給同事要求支援，電話接通的那一刻，霧氣也在抵達海堤時散去，但映入眼簾的卻是違規穿越馬路的女子，他緊急煞車，車輛因此原地轉了半圈，嚇得他把午餐吐在副駕駛座上。

女子原本想上前關心，皓霆則趕緊要她快點跑，此刻白T駕駛，不要命地開車往他這裡衝來，車頭對撞的瞬間，破碎的擋風玻璃襲向皓霆瞪大的雙眼，但卻在接觸前停了下來，那一刻時間彷彿靜止了，他隱約看到一個嬌小身影擋在面前，伸手將他的頭護在了枕頭上，頸部才沒因衝擊而扭傷，對方飄逸的長髮則像張保護網，擋下了所有玻璃碎片。

等他回過神時，嬌小的身影被車輪取代，白T駕駛因為沒繫安全帶所以被甩出車外，倒在引擎蓋上沒了呼吸，除了面容被澈底割花外，身體也因猛烈撞擊而變形。

皓霆狼狽地下車，胸膛痛到只能倒在圍牆旁大口喘氣，路上聚集許多圍觀民眾，違規過馬路的女子跑來關心，但他並沒有怪對方，只希望大家幫忙打電話報警跟叫救護車。

支援警力很快就抵達了，因為皓霆先前的電話傳來劇烈聲響，著急的同事立刻聯繫上了呆頭鵝，所幸他還沒走遠，所以比其他警察都早到現場。

「這人真的是神經病，竟然想跟你同歸於盡誒！」皓霆在接受醫療人員照護時，呆頭鵝指著白T駕駛問道：「皓哥，那傢伙到底是誰？」

「應該是元椿的人，俊義被抓後他們肯定是想給我點警告，所以派人過來找碴，但直接撞上來真的是太扯，夭壽……真的以為要死了。」

「你命真的很硬，果然不是誰都能當隊長。」

命很硬嗎？他不確定是自己命不該絕，還是被什麼力量給延續，他應該也要是倒在駕駛座的屍體之一，但現在他還能看海，還能跟部下對話，有些東西不是他們這個世界的人可以想像，卻總是在經歷的。醫護人員初步檢查完後想把他送去醫院，但皓霆只想立刻到廟宇救人，偏偏雙腿無力地跪倒在地。

「皓哥，你就去醫院吧！有什麼任務交給我就好，你不需要把所有責任都往身上扛。」

「都是因為我沒有陪他們去才會變成這樣。」皓霆撐起身子，扶著呆頭鵝的肩膀說：「去開你的車，帶我去玉成街。」

「他們想要你的命，你好不容易活下來還跑去找死幹嘛？我去就好，你真的不想去醫院的話，就回局裡等邱申寬的聊天紀錄，軟體公司的配合度很高，應該不用多久就會下來。」

皓霆想拒絕，但支援警力抵達後，他被呆頭鵝塞進了警車裡，礙於行動不便，他也只好乖乖讓人帶回局裡，直到呆頭鵝消失在霧裡時，皓霆才倒在後座，其實剛剛就已經痛到想躺平了，但始終拉不下臉這樣做。

雖然自身危機暫時解除，但他不禁陷入沉思，張志光消息靈通也就罷了，為什麼連那些流氓都知道他在哪裡？

（六）

（六月十一日，下午兩點五十分）

琮輝在香爐前虔誠地閉眼默念，俊義嘗試各種方法想掙脫手腳的束帶，卻始終沒能辦到，琮輝插香後手機便收到訊息，也不知道是看到什麼，面色變得相當難看。

由於地下室只有加密 Wi-Fi，所以對方用通訊軟體打過去，語氣冰冷地質問為什麼會失敗？接著要求他們自己收拾爛攤子，便將電話給掛斷。

「不惜蓋暗門也要藏這座主殿，你們做事這麼不坦蕩爸媽知道嗎？」俊義冷冷地說道。

「要把香爐建在哪需要徵詢你的意見嗎？」對方說得有道理，讓俊義頓時無法反駁，甚至覺得嘴對方家人的自己根本是個幼稚鬼。

「我妹妹在哪？」

就越是疼痛。

「什麼妹妹？」

「是你們吧？綁架我妹的就是你們對吧？」俊義憤怒地吼道，但情緒越是激動，手跟腳的束縛就越是疼痛。

「證據？」

「證據就是你認得我，因為你事先調查過我妹妹才會知道我是誰！」

「我認得你是因為十二年前的事件，失蹤的四名孩童中，你是唯一成功逃走的男童。」

「你根本沒回答我的問題，我問的是——」唯一成功逃走的男童？俊義突然察覺到不對勁的地方，「你什麼意思？不是應該還有個女孩逃掉了嗎？」

「當年只有你成功逃走，忘了嗎？因為你刺了我一刀。」對方拉開襯衫，秀出腹部上的傷疤說：「只能說是我心太軟。」

俊義不敢置信地回憶著文瀞的一切，如果她不是當年那個女孩，那為什麼對方會無數次地出現在他的回憶裡？俊義頓時頭昏腦脹，總覺得自己忘了相當重要的事情，但現在的他心繫著妹妹的安危，沒辦法撈出那段回憶。

他一直以為皓霆是因為認得他跟文瀞，才會讓他們共同參與，現在看來也許不是這樣，皓霆之所以讓文瀞跟著的原因，可能是因為他們看起來很親密，也可能是出於其他原因，文瀞也許真的在場，但她並不是失蹤的其中一員，那她在那場綁架案中，扮演的角色到底是什麼？

「看樣子你對自己的事一無所知？」琮輝說：「你不記得過程很正常，因為大部分時間都在睡覺，但你居然連差點殺了我都忘記，這就稍顯無情。」

「我不相信……明明當年還有個女孩逃出來。」

「不相信我就算了，現在先處理正事，你昨天闖了工地嗎？我聽到底下的人說有兩個高中生闖入，也聽說有兩個高中生在鬧我們，是你跟那女孩嗎？」琮輝拿出一大坨黏土問道。

「我們一問一答，這樣公平吧？」俊義厚臉皮地開起條件。

「你覺得自己是用什麼立場再跟我談條件？」

「你殺了我就得不到資訊。」

「你以為我查不到這些事情？」

「調查還是需要時間跟人力，我想你們也沒那麼多時間可以消耗，但只要你同意一問一答，就能立刻知道所有事情，這對你來說也沒什麼損失吧？況且殺了我，還得花時間處理我的屍體，如果你不處理，自然會有人找到這裡來，到時候你們只會變得更麻煩。」

兩人互瞪對方，沒多久琮輝竟然笑著點頭，這讓俊義相當訝異，他都已經做好要被折磨的準備，結果對方竟然讓步了，琮輝再次舉起黏土，俊義看了拼命點頭。

「那黏土是我的沒錯，闖入工地的也是我沒錯，所以為什麼當年我會被放過？」俊義問道。

「你以為自己是被放過？你只是不被需要了，原本是打算要做掉的，結果因為我的疏失，導致你逃走了。」琮輝將黏土收起，來到俊義面前蹲下身子，直視他的雙眼問道：「指使你的除了張皓霆外，還有其他人嗎？」

「媽的……」

「別忘了這是你自己開的條件，我可以如實回答你，但也可以說謊，取決於你的回答我滿不滿意。」

「有，一個我也不知道本名的警察，只知道綽號叫做呆頭鵝，除此之外沒有其他人了，為什麼你們要做打生樁？」琮輝明顯對這答案不滿意，但俊義只是聳肩說：「也許呆頭鵝是他的本名，畢竟連隊長都是這樣叫他的，所以你們到底為什麼要做打生樁？」

「當年在想辦法解決水鬼問題時我們就嘗試過各種方案，從改變材料到變換建造方法都嘗試過，可圍牆仍然倒塌、基底依舊不穩，有些事情本就無法解釋，幹建築這行也對鬼神很尊敬，但元樁那時剛起步，也為了這案子付出許多心血，所以不可能平白無故讓案子流掉。」

「所以你們抓了我跟另一名女童嗎？」

「輪到我了，你那位逃掉的伙伴是誰？」對方的問題讓俊義頓時心驚。

「昨天才轉到我們學校的人，一個知道打生樁以及十二年前狀況的女孩。」俊義的回答顯然讓對方很不滿意，但他決定臉皮厚到底，「所以當年你們抓了我跟另一名女童後，為什麼又突然要殺我？」

「那女孩的名字叫什麼？」

「你就是殺了我，也絕對不會告訴你——」俊義被揪住衣領，但他仍舊沒打算說出口，琮輝見他眼神堅定，便鬆開了手。

「算了，反正遲早會知道，我們沒抓你跟另一名女童，是有人送你們過來的，小孩遠比成年人要容易弄到手，只要博取信任就會對人深信不疑，況且打生樁的史料記載普遍是以小孩為主，所以我們決定遵循老傳統，但這真的非常危險，因為我們找不到真正了解打生樁的人，萬一錯了我們將沒有任何退路，因此我們請了平時就有在做動物獻祭儀式的法師，先將抓來的女童埋了進去，就像另外兩起臺灣案例那樣只埋一人。」

「你們……」埋了女童？俊義簡直不敢相信。

「結果我們又錯了，也許是因為成人跟小孩不同，所以海堤的建設仍舊不穩，我們當時便決定要把你一起埋了，沒想到一名懂行的法師突然找上我們，要我們換成有靈異體質的孩子，畢竟不是所有人都有資質跟鬼協商，也不是所有人都有資格成為建築物的守護靈。」

「你騙人……」

「我沒說謊，高雄美術館的人柱是名法師，而大湖公園的人柱雖然是名老乞丐，但很多人並不知道那名老乞丐其實有靈異體質，這件事也只有打生樁的擁護者才知道，我知道這對看不到的人來說很難想像，但對親眼看過奇怪現象的我們來說，打生樁是必要的。」

俊義朝琮輝吐口水，對方拿出手帕擦臉後，從外套裡掏出一把裝著土製消音器的改造手槍，嚇得俊義連滾帶爬地想逃命，卻被對方一腳踢到牆邊。

「問題問完就該上路了。」俊義盯著槍口，背脊澈底發涼，原來對方會同意一問一答的原因，是根本沒打算要留活口，「真是的，明明十二年前都僥倖活下來了，為什麼你就是不珍惜生命呢？」

「為什麼你們不惜一切代價也要這樣做？」

「你今天看到翩木鎮的一切就是原因，很遺憾，這座城鎮就是需要我們這樣的人。」

琮輝說完便打開保險，手指在扳機上游移，嚇得俊義拼命扭動閃躲，但他卻注意到琮輝的眼神變得飄忽不定，手更是開始劇烈搖晃，彷彿風一吹就能把槍吹落。

樓梯口突然傳來暗門的聲音，兩名小弟慌張地跑下來，看見眼前的畫面又慌張地要跑上去，被琮輝出聲攔住。

「有話快說。」

「是警察，有警察來了。」其中一位穿花襯衫的小弟慌張地說道，琮輝聽了很快地捂住俊義的嘴，並用槍抵在他的腦袋上。

「是誰？張皓霆嗎？」

「不是，但也是偵查隊的，他說先前有個叫盧俊義的人來這裡後，人就莫名失聯了，他說自己有搜索票要搜查這裡。」

「他怎麼可能會有……」琮輝像是想起什麼，立刻改口問：「你們打發不掉嗎？」

「我原本也想說要打發他們，但後來又來了更多人，我們快擋不住了。」

琮輝收起槍後，換拿出一條手帕跟精油，讓花襯衫小弟幫忙迷昏俊義，接著要求兩名小弟把俊義從另一條出口帶出去，然後照往常那樣處理掉。

兩名小弟扛著俊義到主殿後方，掀開布幕後進到藏在裡面的木門，走一小段路便抵達了公寓的地下停車場，花襯衫拿出車鑰匙喚醒一輛轎車，還未完全昏迷的俊義想掙扎，但身體卻越來越無力。

「不要浪費力氣了，你可要原諒我們，殺未成年人什麼的我們也不想做，但不照做就換我們要死了。」花襯衫說。

俊義被丟到車廂後，意識便再也撐不下去，隨著被關上的車廂門陷入無盡的黑暗之中。

夢裡，他被五花大綁地囚禁在昏暗的房間內，看上去年輕且青澀許多的琮輝坐在他面前，手持水果刀在削蘋果，削完皮後切下一塊，輕輕地放到他嘴邊。

「要吃一點嗎？」琮輝聲音有些顫抖地說：「對不起，但我們還需要你。」

俊義不願意張嘴，對方也沒逼他，自己將蘋果吃了下去，臉卻突然變得扭曲，轉頭立刻吐了一地。俊義注意到自己身旁還有個空位，用來綁女童的繩子還留在原地，但卻不再需要用到，他滿臉是淚，心痛的像是胸膛被撕裂開來。

全都是他的錯，當初在公園不該叫住她，後來更是只能看著她被帶走，自己卻什麼也做不了。

「對不起，你跟她感情肯定很好吧？」

房門外走進一位寬面大耳的老男人，聽到琮輝剛剛的話臉色頓時變得有些嚴厲。

「琮輝，你如果辦不到我可以換人。」老男人說。

「抱歉老闆。」琮輝稍微整理衣著，深呼吸幾口氣後說：「我還要時間適應。」

「你只要想想你那死於釣魚意外的好友，就會知道自己在做對的事情，你難道還想再看到相同的悲劇上演嗎？」老男人抓住琮輝的肩膀說：「只要你開始猶豫，就想想好友的老婆在告別式上怎麼辱罵你，他的父親是怎麼拿椅子打你，他的母親跟親戚是怎麼把你趕出告別式的，但那明明不是你的錯對吧？」

「對……」琮輝點頭，眼神恢復了些許堅韌，讓老闆相當滿意。

「我們要攻克那條海岸，為了村子的發展，同時也是為了讓更多孩子可以歡笑，讓他們不再失去父母，既然要造福更多人，就必須要有人弄髒雙手，也需要有人犧牲才行。」

抱著資料的祕書，領著一名年輕帥氣、彬彬有禮的男子進來，男子見到老闆便頷首行禮，說自己是來協助他們的儀式法師，也是真正了解打生樁的人，名字不重要，叫他王法師便可。

王法師走到俊義面前，看了幾眼後便嚴肅地轉過頭去。

「老闆，你們找錯人了，不該抓這個男童。」

「什麼意思？」老闆疑惑。

「這孩子沒有靈異體質，也不帶天命。」王法師見大家困惑，接著說：「我們需要能看得到鬼的孩子，他們才有資質跟生靈接軌，否則就只是徒增他們的數量，對建築百害而無一利。」

「死了不都是鬼？」

「不一樣，打生樁的目標是要讓他們成為守護靈，沒有點資質可是辦不到的，人們總會將能跟鬼神溝通的人看做不凡的存在，這類人在古代也有著自己的工作，占卜、醫術或祈求降雨等，換言之天生就能跟鬼神溝通是上天賜予的禮物，這讓他們與眾不同，有些自命不凡的人甚至會自立教派或自稱某流派的掌門人。」

眾人疑惑，就連被綁在旁邊的俊義都聽不懂，王法師便露出微笑，讓祕書看得頓時有些臉紅心跳。

「許多神明生前也是人，只是他們法力更強大，創造過許多奇蹟，因此升格成神，但我們不需要天賦這麼高的，只要有跟鬼接觸的基本能力便可，陰陽眼便是老天賜予的禮物。」王法師說。

「所以我們需要抓有靈異體質的孩童？」見王法師點頭，老闆接著問道：「我們又不是你，怎麼知道他們看得到？」

「這裡並不大，這種人一但暴露根本藏不住，正巧我聽說一對雙胞胎就有這種體質，不仿帶來讓我看看？」

「琮輝，你知道怎麼做。」老闆替琮輝整理西裝衣領後說：「你知道要找誰，也知道該怎麼處理，不要讓我失望。」

「那這孩子怎麼辦？」琮輝指著俊義，表情難掩驚慌失措。

「把他處理掉。」

突然間整個房間都在震盪，俊義的頭撞上某樣東西後，人也頓時清醒許多，這才發現轎車失控地左搖右擺，最終撞上了不知什麼玩意而停了下來。俊義還來不及思考發生什麼事情，車廂就被打了開來，手持摺疊刀的文瀞幫他割開手上的束帶後，扶著他離開車廂，周遭的圍觀群眾發現車廂竟然有人被綁架，頓時發出了驚呼。

俊義往後一看，才知道轎車撞上了寵物餐廳的鐵捲門，花襯衫昏倒在駕駛座上，另一位則摀著眼睛在地上打滾。

「防狼噴霧是好東西，男生應該也要買一罐放身上喔。」文瀞從短褲口袋裡拿出一罐噴霧，接著舉起手中的摺疊刀說：「刀則是從他們身上搶來的喔。」

「妳怎麼辦到的？」俊義疑惑地問道。

時間往回推一點，兩名小弟如果要前往山區，有兩條路線可以選，一條是靠近老街的道路，那邊實屬鬧區，就算現在霧氣濃烈也擋不了居民逛老街的心，另一條就是這裡，雖然路比較小條但人煙稀少，絕對是相對隱密的選擇。

負責開車的花襯衫對現在的車速感到無聊，副駕的小弟怕他睡著便主動談論起前天紅燈區買的全套服務，確實勾起了花襯衫的興趣。

僅一瞬間，花襯衫看見一輛腳踏車停在路中間，來不及煞車便直接撞上，腳踏車撞裂了擋風玻璃，花襯衫想穩住方向盤但為時已晚，車頭撞進了騎樓店家的鐵捲門，狼狽下車的副駕小弟則被文瀞用防狼噴霧給壓制在地。

「那輛腳踏車該不會是……」俊義看到自己變形的腳踏車倒在路上，變得更加頭痛難耐，「妳怎麼知道他們開哪輛車？又怎麼知道他們往哪裡去？」

「呆頭鵝來廟裡搜查時幾乎把整座廟圍了起來，但他們忽略了廟宇就建在公寓旁，所以我決定碰碰運氣，直接守在公寓的停車場裡，沒想到真的在那邊看到你被帶上車，可惜呆頭鵝沒看到我傳的訊息，所以我就先騎車追上來了喔。」

「騎腳踏車追汽車？」

「他們車速其實很慢，而且沿途都是紅燈，他們為了避免攔檢，走走停停了好幾次，我就趁他們等紅燈時抄小路到前面去喔。」

「妳……真的是人類嗎？」

「是你們男生都缺乏思考喔。」

「這已經不是思考就能解決的問題了吧？」

呆頭鵝抵達現場後，看到他們沒事便鬆了口氣，但眼前的畫面實在慘不忍睹，不用想也知道這處理起來會很麻煩，甚至很難跟隊長交代。

「這邊給其他人處理就好，隊長很擔心你們，等支援到了以後我帶你們回局裡，你先打通電話給他報平安。」呆頭鵝說：「至於文瀞，妳晚點再跟我解釋怎麼把車弄成這樣的……雖然我很不想知道就是了。」

俊義因為手機被琮輝拿走，現在暫時沒有聯繫手段，因此他跟呆頭鵝借手機，打給皓霆後他先問有沒有多的備用機可以借，然而皓霆說會直接送一隻新的給他當作歉禮，起先俊義還想婉拒，但轉念一想覺得沒啥不好，畢竟這些電子產品都是自己打工買的，也已經很久沒換新機了。

簡單噓寒問暖後，俊義就把琮輝說的話、以及夢境的內容告訴皓霆。

「知道這些也沒用，況且我剛剛還被他們襲擊了。」

「真假？沒受傷吧？」

「當然有，但不危及生命都算小傷。」

「隊長不好意思，有件事情要問你。」俊義走到離文瀞跟呆頭鵝比較遠的地方問：「十二年前失蹤的四個小孩，除了我跟那對雙胞胎以外，是不是還有文瀞？」

「文瀞？她不是當年失蹤的小孩啊！」俊義沉默地看向文瀞，這才想起她確實從沒說過自己是十二年前的祭品，「昨天早上她否認你們是情侶時，我還以為她只是害羞而已，不然昨晚質疑我時，你們幹嘛要這麼在乎彼此？」

「我們真的不是情侶。」

「這樣啊……我以為你們是遠距離戀愛的情侶，畢竟你倆各方面來說也算同病相憐。」

「怎麼說同病相憐？」

「當年跟你一起失蹤的就是她妹妹啊！你連這件事都忘了嗎？」

皓霆將當年的調查報告與失蹤資訊說了出口，俊義腦中那塊遺失已久的記憶拼圖終於被安上，被遺落在角落的所有記憶也終於得以連結。

此時正在聽呆頭鵝說話的文瀞像是感覺到了什麼，轉過頭來跟俊義四目相交，正如十二年前，他們在幼兒園的庭院裡初次相見那樣。

支援抵達現場後，從刚攣宮趕來的副隊長不忘跟呆頭鵝抱怨，今天一口氣發生兩起車禍未免也太誇張，呆頭鵝聽了只能無奈地聳肩。

不想繼續聽副隊長抱怨的呆頭鵝，催促兩人趕緊回局裡，文瀞是準備要上車了，唯獨俊義仍在原地看著他們。

「再不快點就沒時間了喔。」文瀞說道。

「文瀞，妳說的對，我的直覺在對人時總是會失準，就連對妹妹也不例外。」俊義扶著頭靠在牆邊說：「我從以前記性就很差，該記的不記，不該記的也忘得一乾二淨，我想妳已經很清楚這件事了，但妳不可能忘得了……只因為妳還沒找到妹妹被埋在哪裡。」

文瀞聽了將車門關上，呆頭鵝原本想叫他們回局裡再談，不料文瀞突然橫眉怒目地瞪他一眼，讓呆頭鵝嚇得有些畏縮。天生火氣大的人如果發脾氣，大家只會覺得那是正常發揮，哪天好聲好氣地說話才令人心裡發毛，可平時面無表情的人突然變臉，不管對方是誰都會下意識迴避。

「剛剛跟隊長講那麼久的電話，原來是終於想到要問這件事了嗎？」當文瀞轉頭看向俊義時表情早已收斂，恢復成平時難以揣測的樣貌，「那麼經歷了這麼多事情後，有讓你想起她被埋在哪了嗎？」

「抱歉，我真的不知道文怡被埋在哪，因為她被活埋的時候，我人並不在現場。」

「是嗎？」

「對不起……都是我的錯，當初在公園時我不應該叫住她。」

「不要道歉，我只想知道她被埋在哪。」

「對不起。」

「我說了閉嘴！」文瀞抓住眼前的男孩，這也是他人生首次見到這女孩失去理智、嘴臉變得如此扭曲，「我怪不了你，因為連我媽都會把我跟她認錯，但我一直想告訴你，從那天起我的心像是被挖空了，我真的以為自己像你說的一樣特別，但是為什麼……為什麼你還是分不出來？」

「那天妳也在公園嗎？就這麼看著文怡跟我還有園長離開，卻沒有過來阻止嗎？」俊義的話讓文瀞陷入沉默，只能惡狠狠地瞪著他，揪住衣領的指節泛白，手掌也逐漸變得暗紅，「妳昨晚會回來找我，不是因為憐憫我，而是想起了當年的自己對吧？」

文瀞氣憤地打了他一巴掌，這掌遲到了整整十二年，當時的他們還太小，根本不知道那是什麼感覺，只覺得幼兒園裡有彼此很快樂。

那天廣播傳來難聽的歌聲時，老師們都很惱火，孩子們卻覺得好玩地大吼大叫，僅一瞬間現場就澈底失控，儘管如此，那名女孩仍獨自坐在角落看繪本，絲毫沒感到任何不悅或有趣，也許這世上沒有事情能讓她感興趣，就連手中的繪本也不例外。

老師為此做過家庭訪問，詢問女孩的父親是否願意讓孩子做檢查，也許她從母親那遺傳了些許精神疾病，抑或是有亞斯伯格症之類的，可做完測驗後專家發現這女孩並沒有任何問題，除了那有點精神疾病的母親，帶給她不少的心理壓力外，她人如其名就是個安靜的孩子，對周遭事物不感興趣、也絲毫不在乎。

然而那名喜怒不形於色的女孩，跟那名好動又頑劣的男孩相遇了。

他們初次見面是在庭院裡，男孩總會偷看那名獨自坐在長椅上，不知道在想什麼的女孩，有次他主動坐到長椅上，女孩也沒有排斥，因為她對男孩絲毫不感興趣。

「欸，從這裡可以看到什麼嗎？」男孩問道，女孩卻沒興趣回答，「沒有人像妳這樣都不回答問題的喔。」

「什麼都看不到。」

「那妳還看這麼久幹嘛呢？」女孩看向男孩，不懂對方幹嘛每句話都要加個尾音，「我叫盧俊義，妳叫什麼呢？」

女孩因為沒有回答，所以被對方叫做「欸」，從那天起，男孩都會到庭院找「欸」聊天，就算對方不講話也會一直說個不停，直到有次男孩問她為什麼都不笑？明明大家都會因為那些話而笑個不停，「欸」也只是聳肩表示不好笑。

「妳如果有兄弟姐妹，一定會更常笑喔。」

「我有雙胞胎妹妹，但她目前住在別的地方。」

「真的嗎！聽說是兩個長一樣的人對不對？」女孩聽了點頭，「好酷喔！」

「不酷，明明我跟她就不一樣，但媽媽還是會認錯。」

「那妳爸呢？他會認錯嗎？」女孩搖頭，表示只有父親跟某間療養院的院長認得出來。

「只要妳願意開口說話，就一定不會有人認錯啦！」男孩爽快的笑容讓女孩睜大了眼，「每個人都不一樣，妳只是話太少了，多跟我們玩，就可以分得出差別了喔。」

女孩不覺得這是對的，但仍舊忍不住笑了，男孩看見後興奮地讓她再笑一次，卻被拒絕了，但從那天起，她確實變得比較願意開口說話。

不久後女孩那開朗的妹妹從親戚家回來，自然也轉進了翩木幼兒園，沒兩天就成為班上的中心，相比沉悶的姐姐，同學們更喜歡這樣的人，就是大家都還沒習慣，經常會指著姐姐叫妹妹。

男孩很好奇新來的風雲人物到底是誰，畢竟對方下課時間都跟同學窩在教室聊天玩耍，也沒有從「欸」口中聽說妹妹到來，直到多年後女孩才意識到自己當初不說，純粹是不希望男孩知道。

某天園長帶了整箱的大湖草莓歸來，因此全院的學生聚集在活動教室裡分享，一人兩顆，分起來剛剛好。

眼看大家分得差不多，老師便暫時離開教室討論事情，小霸王很快就吃完自己的份，但仍舊感到不滿足，眼看老師不在，便覬覦起旁邊女同學的草莓，沒過問地就伸手去搶，而女同學剛轉學進來，還不知道他的來頭與地位，兩人便起了口角爭執。

「欸」默默地坐在角落，內心對上前幫助感到排斥，她認為自己跟妹妹不同，就算草莓被拿也絕不會去吵架，大家應該都知道這點才對。可當妹妹的臉被利器劃傷後，她還是驚得起身，沒想到男孩率先衝上前痛毆小霸王，這讓她人生頭一次感到驚慌失措，正想著怎麼勸架時，男孩就停手叫了妹妹一聲「欸」。

那天起「欸」換人當，妹妹總是纏著男孩，而她也不再去長椅那邊，下課時間總窩在教室看書，更讓她心情複雜的是，男孩壓根沒主動來找過她，這感覺跟母親每次認錯她跟妹妹時一樣糟。

後來翩木鎮整整兩個星期都起大霧，導致交通停擺，工廠也因為原物料無法運輸而停工，但是學校並沒有因此停課。女孩在某個霧氣稍淡的假日，被妹妹拉到公園裡玩，眼看妹妹想打球，她便提議玩躲避球，接著開始拿球朝妹妹砸去，對方下意識要閃開，但她們就是這麼有默契，總能猜到對方要往哪躲，她想打破這種默契，破壞這種關係，是誰規定雙胞胎的感情一定要血濃於水？就像沒人規定雙胞胎的性格會相似。

打在妹妹身上的皮球，力道大得足以回彈到持球者附近，女孩抓起球後繼續扔，直到扔中妹妹的哭臉時才意識到自己失控，還沒等她道歉妹妹就已經嚇得跑開。

女孩撿起球跟上，卻遠遠地看見路過此處的男孩跟園長，三人就這麼搭上話後離開了公園，她也獨自回到家中，窩在房裡，看著妹妹的床鋪，委屈與悲憤溢滿眼眶。

但她並不知道，從那天起妹妹跟男孩就消失在了茫茫霧海之中。

（七）

（六月十一日，下午四點）

好璇恍惚間看到黑影在晃動，不知為何剛剛夢到被人連打好幾個巴掌，現在雙頰有種漲紅的錯覺。直到她醒來才發現，那嬌小的亡靈確實在打她臉，鬼碰不到活人是事實，但這巴掌能打進夢裡讓她深感佩服。

亡靈見她醒來後連忙倒退幾步，回到先前的角落指著牆壁，接著又指向自己的手腕。

「我過不去。」

這次她放輕音量，畢竟門外的人可能是聽到她的聲音才走進來的，與此同時她感覺到嘴裡有股甜味，這才發現房間的木桌上擺著一罐奶粉，看來她這次昏迷了很長一段時間，才會讓亡靈著急地想叫醒她。

門外傳來短片的罐頭笑聲，因為母親也喜歡看這類型娛樂短片，所以她相當熟悉這種音效。

好璇認為這是個機會，但必須先想辦法掙脫繩子，她嘗試扭動身體希望能碰到繩結，但始終沒法辦到，因為手被緊緊綁在某根U型的鐵管上，幾乎沒有留下多餘的空間。

亡靈來到她的身旁，指著她左方距離一步的櫃子下方，做出類似掃堂腿的動作，好璇便努力伸出左腳，但因為筋骨不夠開，所以碰不太到櫃子，亡靈趕緊正劈表示不難，讓她不禁覺得這傢伙生前肯定是個討厭鬼，也算是明白對方為何自己窩在角落吃飯了。

妤璇努力側身，忍痛用腳尖勾住櫃子好讓腿得以拉開，待骨盆喬好位置後，她一口氣把腳伸到櫃子底下，扭動腳踝踢出了一把瑞士刀，妤璇又驚又喜地望著，接著小心翼翼地用腳踩住瑞士刀，慢慢地收回來。

門外的罐頭笑聲戛然而止，妤璇迅速地把瑞士刀踢到屁股下藏好，吐口水倒頭閉眼，讓口水順著臉頰流到地板上。

男人開門檢查時，發現妤璇睡到流口水便把門關上，直到罐頭笑聲再次傳來，才讓妤璇鬆了口氣。

她用衣領抹去口水，將瑞士刀慢慢頂到身後用指尖夾起，她打開小剪刀嘗試剪斷繩子，但手根本沒法操作剪刀，她只好改用小刀。

雙手被綑綁的情況下很難施力，單靠手指的力量根本割不斷，妤璇用了老半天繩子也沒割開一個口，中途還因為手指無力導致刀掉在地上，聽到清脆的聲響迴盪在整間房，嚇得她趕緊吐口水要裝睡，所幸門外的男人還沉浸在影片中，發出了尖啞刺耳的笑聲。

她重整旗鼓地抓起刀，用身體的力量去出力，前傾後搖地讓刀在繩子上游移，但因為看不到繩子的狀況，她只能憑感覺判斷刀有沒有割進繩子裡。

就在她快要筋疲力盡時，終於有段繩子被割開，讓她頓時恢復活力對準下一條重複動作，第二條也順利割斷後，整個繩索放鬆不少，不料鐵門突然打開，嚇得她趕緊變回熟睡姿態。

男人在換影片的間隙，聽見了房裡傳來細微的聲音，雖然妤璇看起來沒任何變化，男人也不認為中午灌的藥會這麼快失效，但仍舊走上前捏妤璇的臉，所幸當時文滸捏得更痛，讓她能忍著沒做出任何反應，男人見她沒反應，便起身尋找聲音來源，卻始終沒能找到不尋常的東西，就決定回門口的板凳坐著。

當他回鐵門前才發現，有隻比臉還大的人面蜘蛛攀在天花板瞪著他，嚇得他拉開門要逃出去，蜘蛛也被嚇得掉到男人的頭上，把他嚇得又哭又叫地跑出房間。

妤璇看著差點笑出來，早在她醒來時就看到那隻蜘蛛了，原本還祈禱那傢伙不要突然抓狂衝過來，現在看來那隻蜘蛛應該是被亡靈找來幫忙的。

她再次用刀割開一段繩子後，雙手才澈底恢復自由，原本她想直接跑出房間，但亡靈擋在門口，指手畫腳地表示還有人在外面，要她先去拿角落裡的東西，妤璇沒辦法，畢竟她的確不知道房間外是什麼狀況，以及確切有多少人，只能先去查看角落，沒想到那裡有塊水泥可以取下，裡頭竟塞了一隻智慧型手錶。

她拿出手錶查看，發現錶帶上貼了張姓名貼：汪書琪。

「這是妳的嗎？」亡靈點頭，妤璇微笑著說道：「謝謝妳。」

她將其開機，發現這不像母親戴的那種智慧手錶，而是針對兒童設計的安全錶，裡面有通話功能可以撥給警方，無奈這裡沒有訊號，只有不認識的加密網路可以用。

她高舉手錶在房間裡游走，嘗試尋找收得到訊號的區域，當她來到剛剛被拘束的地方時，發現訊號變成搜尋中，便扶牆踩上鐵管、掂起腳尖希望能成功接收，但圓圈始終在轉動，亡靈也在旁邊慌忙地指手畫腳，她實在沒空理對方。

當手銬終於接收到一格訊號時，有人從後抓住了她，迅速地搶過手銬扔到地上踩壞，並將她的手跟嘴纏上膠布，妤璇的掙扎在他面前根本毫無作用，對方看她雙腳不安分，就用膠布一起纏住了。

不久那名被蜘蛛強暴的男人，滿身傷痕地被帶到他們面前。

「玉哥，人在這。」

「這你給的刀嗎？」玉哥從妤璇口袋裡搜出瑞士刀後，緩緩地將刀尖靠向男人的眼珠子。

「不是我……」玉哥作勢要捅人，嚇得他馬上道歉：「是我沒注意到！可能之前不小心掉了沒注意到，結果被她發現後撿走，但我發誓自己真的沒主動給她工具！」

「那昨天早上叫你處理的屍體為什麼被發現了？」玉哥的話讓對方震驚得說不出話來：「你們是直接把她丟在岸邊嗎？」

「我們已經遵從你的指示丟到海裡了！我親眼看著屍體漂走的！我對天發誓！阿宏當時也在，他可以幫我作證！」

「阿宏死了，原本是要撞死警察，結果人家沒事自己先死了。」

刀鋒刺進眼球的瞬間，男人痛得放聲尖叫，妤璇內心愧疚地轉頭，聽著夾雜在慘叫聲裡的濕潤聲音，忍不住想像刀在對方眼球裡轉動的畫面。

如果可以的話真希望能摀住耳朵，這樣就聽不見了。

「我不知道為什麼妳這麼快醒來。」玉哥揪住妤璇的衣領，將染血的刀尖對著她的眼珠子說：「但我會讓妳知道，乖乖睡絕對比醒著要好得多。」

遠在家中的周老師正在傳訊息跟輔導處同仁解釋狀況時，突然收到了手錶連線的資訊，定位顯示手錶位於北方的山上，但因為處在半山腰所以訊號非常微弱。

她正想打電話過去時訊號又斷了，便慌張地在拎起車鑰匙，跳上摩托車往警局的方向奔馳。

第三章

椿

（一）

那年許文瀞跟蹤園長來到海邊，迷霧籠罩了整條海岸，因此她必須把罩子放亮，才能避免撞見任何大人。

這幾天她都在找各種理由離開教室，就只為了跑到辦公室偷聽園長說話，畢竟那隻老狐狸只可能在上課時間跟壞人聯繫，所幸老師們很體諒她，每個人都猜想她雙胞胎妹妹失蹤了，身體跟心理肯定很不好受，便允許她拼命跑廁所不過問。

皇天不負苦心人，她終於聽到園長跟人講電話時，提到今晚要執行新的儀式，需要他到場討論往後祭品的挑選方針，但究竟是什麼儀式她不懂，反正只要跟著園長肯定能找到妹妹跟俊義。

放學時間一到，她就趁老師不注意偷跑出去，也許是怕在霧裡發生車禍，園長沒有選擇開車而是走路，她跟著對方抵達了海邊，走得腳很痛，眼睛也在喧囂的海風中進沙，沒想到視野恢復後竟跟丟了園長。

文瀞加快腳步要跟上，然而工地的喧鬧聲越是清晰，天色就越是昏暗，她開始迷失方向，恐懼感在心中堆積，等她察覺時腳下已經踩空。就在她快要落海時，有人即時抓住了她。

「許文怡？」園長神情顯得很驚恐，但仔細思考後搖頭，「不對，妳是文瀞對吧？妳怎麼會在這裡？」

文瀞被嚇得說不出話來，她猜想園長等等就會放手，讓她掉進海裡被浪濤捲走，可一想到父親這些日子的心理壓力，她就不希望自己死在這。

沒想到園長非但沒放手，還將她拉上來後緊緊抱在懷裡，不安地朝幼兒園的方向奔跑，嚇得文瀞不斷掙扎，但始終無法從對方身上掙脫。

「放開我！」文瀞大吼，園長趕緊摀著她的嘴。

「如果妳想活就不要出聲。」她聽了張口咬住園長的手，痛得對方趕緊抽離，但另一隻手仍緊緊抱著她。

「我妹妹在哪裡？我親眼看到你把她帶走了。」

「妳看到了？」園長停下腳步，不解地問道：「妳當時在哪？」

「把文怡還來！」她拍打園長的臉，歇斯底里地吼道：「把她還來，把俊義還來！把他們都還給我！」

園長緩緩地放下她，低著頭呼吸逐漸急促，最後跪倒在她面前痛哭。

「對不起……」園長的舉動讓文瀞感到震驚，「文瀞，對不起……但是文怡她已經……」

（二）

（六月十一日，下午四點）

臨時會議開在皓霆的辦公室裡，兩個大男人擠在電腦前看邱申寬的聊天紀錄，內容跟以往案件相比真的不算多，申寬平常只跟住臺北的兒子傳訊息，其餘的人際交流似乎都用電話，畢竟要跟營造所同事談論工作，直接講絕對比打字要方便許多。

皓霆對此有些頭大，軟體公司給的這些紀錄，裡面確實有跟元樁建設高層的對話內容，但最近已是一禮拜前，雖然用字遣詞很有攻擊性，但仍是正經地在講工作的事情。

更奇怪的是申寬在短時間內加了很多傳播妹好友，對話內容都是要找一位眼角有淚痣的酒店女子，但就算申寬想付錢給她們，那些傳播妹也說自己不知道那女的是誰，甚至有好幾個明顯只是想敲竹槓，他自然是不會上這種低級的當。

皓霆煩悶地撐著頭，副隊長跟其他偵查佐還在翩鑾宮沒回來，呆頭鵝也在俊義跟文瀞那裡，現在只剩他跟一名警務員在這，看著乏味的對話紀錄打哈欠。如果要快速打聽消息的話，他能想到剛剛遞名片的煩人記者，但又實在不想欠對方人情，所以遲遲沒有聯繫。

皓霆在警務員的攙扶下起身，沒想到兩人才剛出辦公室，就看到原本在休假的局長，竟怒氣沖沖地跑過來。

「張皓霆，這是怎麼回事？」局長秀出手機上的投訴信，裡面是廟方人員舉報員警濫用職權，在沒有任何證據的情況下隨意調查他們，「誰給你們權力做這種事？」

「局長，那座廟跟昨天發生的殺童案及車禍有非常大的關聯——」

「那兩個案子是可以跟一座廟有什麼關係？殺童案又可以跟車禍有什麼關係？」局長罵人的聲音響徹整間警局：「我要找你算帳的還不只這件事，你是不是讓兩個高中生介入調查？」

皓霆注意到那名吊兒郎當的基層員警，在旁邊悠哉地喝水看戲，就知道是誰洩的密了。

「局長，我有十足的把握，這整件事情——」

「停，你五年前是怎麼說的？有十足的把握可以證明所有事情，然後呢？挖了那座小廟你得到什麼？這次你打算做什麼？私闖工地啊？」

已經闖了，雖然闖進去的不是他，不過他確實幹過，而且他原本計畫晚上要再次闖入，但這次不能再讓俊義他們冒險，因此他打算冒著丟飯碗的風險闖進去。

「回答我，你到底有沒有讓高中生協助調查？」

「有。」

局長憤怒地抓起櫃子上的資料朝他扔去，皓霆緊握拳頭瞪著地面，聽著眼前的男人三句夾一個髒話地罵人，從以前的舊帳開始罵到新的事情，越罵越難聽，不禁火冒三丈。

但他也確實無法反駁，畢竟讓未成年人陷入危險，還將案件機密洩露給局外人的都是他，被調職記過都算小事，如果對方家長起訴是無法脫罪的。

「你剛剛都在研究什麼？」局長推開皓霆，進到皓霆的辦公室裡掀開筆電，看見申寬的聊天紀錄變得更加火大，「你在調查誰的對話紀錄？你到底在想什麼？」

「局長，這是車禍駕駛的對話紀錄，我們只是覺得案子有疑點，想知道車主是不是有跟誰結怨，才會被報復。」警務員解釋道。

「你是不是覺得自己聰明絕頂？所以才不把我當回事？」

「局長，我不是這個意思。」

「你閉嘴，我在問張皓霆。」局長拍桌時，整間辦公室都像在晃動，「那輛車的檢驗報告出來了你知道嗎？那臺車整整十五年沒回廠檢修過，早就出問題了還在天氣惡劣時飆車才會出車禍，什麼結怨？繼續猜啊！調查案件如果都像你這樣全憑想像，事情就處理不完了，少在那邊浪費資源跟時間，早點把事情結案比較重要，況且我聽說這案子根本不歸你管！」

「殺童案也要快速結案嗎？」皓霆看著反光的磁磚地，不解地質問：「連續失蹤案也要繼續不管不問嗎？是不是只要跟元椿扯上關係的案子，你都──」

「再說一次。」局長走到他面前吼道：「殺童案是偵查二隊負責的，失蹤案也早就轉交給他們處理了，你還想繼續干涉別人業務到什麼時候？我對你已經很寬容了，你換去其他地方看哪個局長會對你這麼好！」

兩人不發一語地瞪著彼此，直到皓霆低頭道歉，局長才念念有詞地離開辦公室，皓霆也在警務員的攙扶下來到副局長室，裡面剃平頭的男人看見他，便如以往那樣露出慈祥的笑容。

「當初我保你下來，可不是為了讓你繼續惹局長生氣。」副局長說：「這一趟調查廟宇，有找到什麼嗎？」

「據我目前所知是沒有，對不起，白費了你動用關係開的搜索票。」

「那都是小事，你還要繼續調查嗎？」

「這些年來我調查元椿建設，就只為了更接近真相，我不想放棄。」

「那如果今年還是沒結果呢？」副局長的話讓皓霆心頭一驚，他認識副局長多年，聽得出對方在表達今年就是最後一次機會。

「會有的。」皓霆握緊拳頭，倔強地說：「我需要你繼續支持，而我今年絕對不會讓你失望。」

他們望著彼此，整間辦公室安靜到可以聽見手錶的齒輪聲，直到有人敲門才打破了沉默，進門的是一名基層女警。

「張隊長，有人找你，她剛剛到處跑都快把我們煩死了。」女警說完便讓周老師進來，對方高舉手機，展示手錶監控軟體給他們看。

「隊長，琪琪的手錶剛剛出現訊號了。」

皓霆激動地上前查看，發現訊號位於北方的半山腰上。翩木鎮有許多鳥不生蛋的山區，其中北方的山因為坡度最大所以特別蠻荒，能仰賴的上山手段也僅有繩索而已，因此平常只有巡山員會去那邊，這樣的地點理應對綁架來說非常不利才對，但如果歹徒扛的是幼童，對於體力好的人肯定不是問題。

「去吧。」副局長對皓霆笑著說：「背後由我來撐著就好，你只管專心打倒他們。」

（六月十一日，下午四點三十分）

文瀞回過神後推開俊義，逕自走向警車，呆頭鵝在一旁聽得面有難色，雖然不清楚兩人爭吵的點，以及過往到底有什麼過節，但俊義可能害了文瀞的妹妹，更重要的是這蠢貨直到剛剛才想起來。

「妳會幫我找好璇是想彌補當年的遺憾嗎？」俊義的話讓文瀞停下動作，「還是單純想找到文怡？」

「你希望我怎麼回答呢？」

「如果妳只是想找到文怡，那就回家吧，不要再介入這件事了，我跟妤璇不值得妳浪費時間。」

文瀞聽了便甩上車門離去，呆頭鵝原本想挽留，但對方顯然不想駐足，搞得他只能跑去打俊義的頭。

「你是白痴喔！說這什麼話？」

「我只是不希望她繼續被綁著，當年一個誤會傷了她這麼久，我沒有臉讓她繼續協助。」俊義的話，讓呆頭鵝忍不住嘆息。

「小兄弟……說這些我可能會被皓哥殺掉，但他以前因為自己的疏忽導致堂弟失蹤，直到現在都找不到人。」俊義震驚地望著呆頭鵝，對方點菸後接著說：「很諷刺吧？平時不斷埋伏追案，結果連自己家人都保護不了，後來皓哥更加瘋狂的調查打生樁以及失蹤案，但卻沒有找到實質的證據，所以就跑去挖了海邊那座小廟，因為按理來說那下面應該要有屍骸才對，但你猜怎麼著？」

「怎麼了？」

「兩根長木樁下居然沒有屍骸，所以他懷疑真正的位置在別處，那模樣就像是要把整條海岸給掀了，後來局長出面阻止，他還因為頂嘴被記過，所以哪有絕對不會發生的事？」

此時皓霆打給了呆頭鵝，兩人聊了一會後呆頭鵝臉色突然變得相當難看，掛斷電話更是狂噴髒話。

「怎麼了？」俊義問道。

「皓哥說山區收到之前死掉女童的手錶訊號，雖然只有一下子，但有可能是你妹妹。」

「真的嗎！」俊義興奮地全身顫抖。

「別抱太大的希望，因為訊號已經傳來一陣子，他們很可能都跑了，我們這一趟去主要是為了確認訊號來源，順便調查現場狀況。」

「不管如何，這不都是好消息嗎？你剛剛在氣什麼？」

「局長回來了。」呆頭鵝說完便將菸扔到地上踩熄，「現在你最好都不要再回局裡，不然就麻煩了。」

一旁的副隊長看兩人打算離開，便將菸蒂彈進下水道後跟著離去。

（三）

（六月十一日，下午五點十分）

這條路文瀞曾走過上百次，她有自信就算是在大霧之中，也能清楚分辨方向，但這些年城鎮變化實在太大，她仍舊迷失在了霧中，最後不得已用導航才抵達目的地。

其實她很不想去那裡，但她回翩木鎮前答應過父親，每個月至少都要過去一趟，她也知道自己不可能永遠躲著那個女人。

那座療養院稱不上簡陋，但設備始終不齊全，牆壁剝落的油漆也是自她離開翩木鎮以來都不曾重新粉刷過。文瀞透過鍛造大門的間隙望向庭院，老人們在各自的小圈圈裡閒聊、下棋跟唱歌，一切都跟記憶中的景象重疊，這裡大概是唯一沒有跟著城鎮進步而有所改變的地方。

就在她萌生退意時，身後傳來了高跟鞋的聲響，驚得她拔腿就跑，然而剛回來的院長還是發現了她。

「文瀞！」院長驚喜地喊道，使她只能無奈地停下腳步，心不甘情不願地轉過身去，「我的天，妳比視訊裡看起來要漂亮太多了，這些年總是透過螢幕看著，實在沒有妳已經長大的實感，還記得嗎？當時妳只有到我的腰這麼高，現在我竟然要穿高跟鞋才能勉強跟妳一樣高了，應該還會再長吧？」

「不知道。」

「妳什麼時候回來翩木鎮的？」

「上週。」

「不是說搬回來後要跟我說一聲嗎？結果你們父女倆居然什麼都不說，真是的……來，快點進來吧！」院長拉著她準備打開大門時，文瀞排斥地收手，「妳不可能這輩子都把她當外人，而且我相信見到妳，對她的病情會有幫助。」

「我不覺得喔。」

「尾音？回來後有找回童心了嗎？我覺得這是好事喔。」院長開懷大笑，文瀞則久違地感到羞恥，「她也會很開心的。」

「我真的不覺得，姐姐——」

「噓，妳會來這裡，不就代表內心其實也想見到她嗎？走吧！」

文瀞被院長拉進療養院，老人們先是疑惑地看著文瀞，接著像是認出她似地熱情打招呼，但她覺得這群人不過是單純在裝熟，所以絲毫不想理會這群陌生人。

他們進入了熟悉的走廊，抵達了最末端的房間，記憶中的味道、畫面以及情緒都回來了，她有多久沒像這樣驚慌失挫？不記得了，就連國中被同學欺負時都沒這樣過，反倒是那群人因為她始終沒反應，便覺得無聊地不再找麻煩。

她的心跳在加速，手掌也全是汗，當年她將自己曾經活在翩木鎮的一切留在門後，逃避了無法釋懷的感情，讓房間裡的女人獨自承受了所有，自己則逃向北方渴望尋獲新生。

可她仍然什麼都沒得到。

「許太太，您女兒來了！」院長推開房門後喊道。

「我的女兒？」床前骨瘦如材、眼窩深邃的女人轉過頭，疑惑地跟文瀞乾瞪著眼，「妳是誰？」

「她是文瀞啦！也對，畢竟她都離開這裡十多年了，認不出來很正常，妳真的太久沒見到女兒了。」

「文瀞……？」母親若有所思地打量著，這眼神文瀞已經熟悉到會忍不住作嘔。

「對啊！她從北部搬回來翩木鎮住啦！文瀞也趕快跟媽媽打招呼。」院長從旁邊櫃子抽出垃圾袋，彎腰收拾地上的雜物。

「妳真的是文瀞嗎？」母親疑惑地走上前，文瀞驚恐地想轉身離開，卻被院長擋住了退路，母親捧著她的臉頰，濕冷的手心讓她頓時背脊發涼。

「許太太，妳這樣可不行，我已經說過很多次，文怡她不在了，現在只剩下文瀞而已。」

「不可能……文怡她……明明就——」

「拜託妳清醒一點，這樣文瀞會很受傷。」

「不可能……」母親像是想起了什麼，捏住文瀞的臉頰向上提，讓她的臉像在微笑，「文怡，對嘛，這才對，妳怎麼跟姐姐一樣不笑了，害我以為真的是文瀞回來了，她怎麼可能會回來，明明她那麼恨我——」

推開母親的剎那，文瀞以為自己會像當年那樣頭也不回地離去，留下對方在空蕩的房間內哭著挽留她，但此刻她卻抓住了母親的手，緩緩地將對方放倒在地。

院長嚇得瞪大眼睛，現在的許太太可承受不起摔傷，但文瀞的舉動更讓她驚訝。

「許太太妳明明之前都還好好的，為什麼每次一看到女兒就會變這樣？」

「院長，妳覺得文瀞會回來嗎？我到現在都還沒機會跟她道歉……也還沒機會說我很愛她，真的非常非常的愛……對不起……我真的很抱歉……」母親悲痛地撐著頭，豆大的眼淚不斷湧出，全身也隨之顫抖。

正當院長高興許太太說出心聲時，卻發現文瀞早已不見，便趕緊追了出去，推開院門時發現文瀞已經快步地走出鍛造大門。

「妳要去哪裡？」院長跑上前去抓住對方的肩膀，卻被一把推開。

「我不該來的，根本上就不應該過來，她的病不會好，永遠都不會！」

「她其實有好轉，而且妳也知道文怡的失蹤帶給她沉重打擊，讓她曾經嚴重惡化過，再加上妳當初——」院長沒繼續說，因為這像是在怪罪文瀞似的。

「姐姐，妳知道我真正無法面對的是什麼嗎？不是她會把我跟妹妹認錯，也不是她有什麼精神疾病，而是她始終相信文怡還在這個家，而我必須隨著她的情緒扮演兩種角色，每當我假裝自己是文怡時，心都像被千刀萬剮，因為事實是我取代不了她，更痛苦的是我一直到她離開了，才終於認清這個事實，我沒想到這麼多年後，還得要繼續做這種無意義的角色扮演，每個人都希望我能體諒她，但到底有誰能來關心我？」

文瀞激動地將心聲全盤托出，淚水不受控地湧出，後半段的那些話更是讓她險些喘不過氣。

自從升上臺北的私立小學後，她就不曾像這樣哭過，因為她早在父親暗自喝酒哭泣的那晚，看透了文怡不會從大家心中抹去的事實，也知道自己永遠不可能取代妹妹。

原來大家心底都知道她們不一樣，可現在才意識到這些又如何？已經太遲了，文瀞成為了獨一無二才發現妹妹在她心裡有多重要，不管是對那些親朋好友還是她自己而言，都無人能取代。

除了母親，對她來說文怡跟文瀞是誰，好像從來都不重要。

「文瀞，妳明知道我有多在意妳，也多希望妳能從過去的傷痛中獲得解脫。」院長的話讓文瀞陷入沉默，因為她不想傷害眼前這位宛若真正母親的女人，「而我也一直都知道，妳之所以會尋求跟文怡的差異，是出於妳那深刻的佔有慾。」

院長的話讓文瀞握緊拳頭，被說中的感覺從來都不好受，因此她只想當那個看穿一切的人，也因為這種性格，她始終招人怨，對她感到好奇的人最終都失去了耐心。

除了俊義，那男孩不曾在意過這些事，那無盡的好奇心與幹勁，包容了她所有毛病，甚至想方設法地想看到她笑，不論失敗幾次都會繼續嘗試。

所以她想認真地回應對方，但文怡取代了那個位置。

「雖然妳對很多事情不感興趣，可一但有了興趣後佔有慾就會很強，妳會不願意跟任何人分享，尤其是文怡。」

「姐姐，我現在不想談這個——」

「不行，以前是因為妳還小，所以我才不願意說，但妳現在已經高中了，我不能看著妳用這種態度長大。」院長堅定的眼神，讓文瀞只能無奈地繼續聽，「還記得當初妳來探望外公時都會提到一個男生嗎？我當時真的很羨慕，也很想認識他，居然能夠讓妳變得開朗，想必他是個很了不起的男孩，但自從文怡轉學後，妳就不再提起他，肯定是因為他認錯人了對吧？」

「沒差，反正他也不記得了。」

「當然有差，妳有沒有想過那男孩其實沒有認錯人？」

「什麼意思？」

「不止妳跟我分享過那男孩的事情，文怡也有。」

當年文怡回到翩木鎮後，總會跟文瀞一起來探望外公，由於文瀞恢復了以往的沉默，想知道發生什麼事的院長便跑去問妹妹，可對方也只是聳肩，還反問院長要怎麼樣才能像姐姐？

她有個很好的男生朋友每次都在講姐姐的事情，做得任何事，說得任何話，那朋友都能拿她去跟姐姐比較，還說她們不只說話方式不一樣，就連眼神都不同，這點從他跟小霸王打架那天就知道，眼前這個長得像「欸」，但又截然不同的人，肯定是她以前說過的妹妹，畢竟那與世無爭的文瀞怎麼可能會為了草莓跟人吵架？

但也因為不知道妹妹叫什麼名字，所以當下只能先叫她「欸」。

當天他會動手純粹是因為想保護文瀞的家人，但不知為何，從那天起原本會在長椅的文瀞不見了，俊義認為是自己做錯了什麼，才導致她不願意過來，所以想盡各種辦法想要找到答案，簡單來說就是個眼裡只有姐姐的怪咖。

文怡從沒想過有人可以立刻分辨出她跟姐姐，因為在她的印象裡，姐姐跟她應該要很像才對，被同儕說完全不像還是第一次。所以她試著模仿姐姐說話、表現得對一切都毫無興趣，雖說有成功騙到其他同學，唯獨騙不了俊義。

院長很快就猜到俊義是誰，但也更加好奇，說話方式不同就算了，這麼小的孩子當真分得出眼神跟氣質？文怡也曾問對方怎麼分辨的，俊義竟然說是直覺，讓她覺得好氣又好笑。

聽到這，文瀞的手放鬆許多，面容也比剛剛平和了許多，但內心也有股愧疚感，使她張著嘴卻不知道該說些什麼。

院長主動將她擁入懷中，正如文怡被判定為失蹤人口的那天，眾人都只聽見雨聲，唯獨院長聽見了她的哭聲那樣。

「這世上存在著很多懂妳的人，試著打開心房去接觸，妳才會知道他們到底是怎麼想的，就像那個男孩始終都想著妳，可妳卻先入為主地躲開他，其實他還來這裡找過妳，好像是文怡告訴他地址的，所以他經常跑來，但好像是怕妳不想見他，所以只是在門口偷看就回去了。」

文瀞趕緊撇開頭，以防對方發現自己濕潤的眼眶，但院長可是看著這女孩長大的，怎麼可能不知道她在哭，但也因為知道她自尊心很高，所以選擇默默地陪伴，等她平靜些許後，院長才捧著她的臉問：「妳接下來想怎麼做？願意再給自己媽媽一次機會嗎？」

「姐姐……」文瀞用力吸了下鼻水後說道：「對不起，但我還有很重要的事情必須做，等結束以後我會再來的，我保證，但在此之前我想跟妳借個背包，還有一些東西。」

「這樣啊，雖然不知道是什麼事情，但我相信妳會想通的。」院長輕拍她的背，正如當年給她勇氣去面對臺北的新生活那樣。

（四）

（六月十一日，下午五點四十分）

身著凱夫拉防彈背心的俊義拉著繩子，試探好可以踩的石頭後，飛快地爬上山壁，到頂後不忘回頭給呆頭鵝加油打氣。

「你們年輕人真的都跟猴子一樣。」

「我以為警察的體力都很好。」

「老子當兵時這種山壁可以徒手爬，根本不用抓繩！」

「少在那邊嘴砲啦！我妹妹就在眼前了，快點。」

呆頭鵝爬到頂端後氣喘吁吁地倒在一旁休息，但俊義卻急忙地爬下一段繩索，就在他爬到一半時，腳下的石頭突然崩落，讓他重心不穩地懸掛在半空中。

樹葉窸窣像有人在耳邊低語，荒涼的山區頓時變得熱鬧，橡樹落葉拍打在他手臂上，像要將他踐下繩索似地，嚇得他加速往上爬，就在他要登頂時上方固定的鎖扣突然脫落，繩子頓時往下掉，嚇得俊義趕緊抓住了山壁上的石頭，才因此躲過一劫。

「別擔心，我會接住你的。」呆頭鵝著急地在下面展開雙臂。

「神經病！你哪接得住！」

俊義拿出拉單槓的力氣，往上拉的同時順便抓住上方岩壁，最終靠蠻力爬到了頂端，躺在一旁嚇得心臟都快跳出來了，山壁下的呆頭鵝也鬆了口氣。

「你這樣要怎麼上來？」俊義問道。

「如果我沒記錯，旁邊還有一條巡山路線可以爬上去，你先去目的地，到了以後也不要急著進去，等我抵達再說，你不會迷路吧？」

「不會啦。」

嘴巴是這麼說，但這霧那麼濃，俊義其實也沒什麼自信，因為從這裡開始至少要爬四百公尺的上坡才會抵達。

他沿著山路往上跑，沿途祈禱妹妹一切平安，他們兄妹倆總愛冒險做許多事情，也許是這樣的性格帶領妤璇找到了那隻手錶，不顧安危地將訊號發送給了他們，就像他不惜闖入工地跟廟宇一樣，他並不擔心身為人柱的妹妹會被殺，只是擔心妹妹會被傷害。

他跑到一處岔路，因為沒有路標，他便決定朝右側上坡跑，不一會又來到一處相同的岔路，右側一樣是上坡，左側仍舊是平路，他猜想自己海拔還沒到，便繼續往右跑，接著又來到了相同的岔路。

他環顧四周，感覺頭昏腦脹，身在霧中看不清前路，也不知道現在究竟在哪裡？海拔多高？距離目的地還有多遠？當人被吞噬在茫茫霧海中，迷失方向很正常，但像這樣感到不安還是第一次。奶奶曾說過，獨自在山中行走不要慌，倘若失去方向就蹲下來深呼吸，待情緒恢復後內心保持對山的尊敬，接著再仔細看看那些路，山神就會引導迷失的人離開。

他深吸一口氣後蹲下身子，身體逐漸沒了先前的沉重感，精神也有所恢復，他重新觀察路面，終於在左側地面看到淺淺的腳印，便朝左側奔去。前方不再有岔路，而是佈滿雜草的上坡路，因為草長得跟腰一樣高，他艱難地往前，不知過了多久，才終於在霧中看見一棟房子，而房子的規模也比他預想的大很多。

俊義以為妤璇會被關在某個鐵皮小屋，畢竟這裡壓根兒建不了房才對，沒想到房子建材還是用磚瓦堆砌的。

俊義潛伏在旁邊，不料有人輕拍他的肩膀，嚇得他險些大叫。

「抱歉，你等多久了？」呆頭鵝累得上氣不接下氣。

「才剛到沒多久。」

「不是說不會迷路，怎麼還拖這麼久？」

「你好煩，我們現在要怎麼進去？」

「找找看後門，不然就是翻窗戶，但他們肯定不會把你妹妹放在有窗戶的房間就是了。」

「可是……這整棟房好像都沒有窗戶誒。」

這房子除了大門以外根本沒有窗戶，就連水管都沒有，只有像是電線的玩意從地底下延伸出來，讓人搞不懂這裡到底怎麼生活。呆頭鵝呼吸緩過來後，便跟俊義繞了房子外圍一圈，發現這房不只沒窗戶，就連後門都沒有，環顧一圈也沒看到監視器，想想也是，誰會笨到把自己的犯罪過程拍下來留檔？

兩人只能從正門進入，呆頭鵝將耳朵貼在門上，確認裡面都沒有聲音後拔出九毫米的警用手槍，並在槍口裝上消音器。

俊義接過呆頭鵝的甩棍後，試探門把發現沒上鎖，便輕輕地將其推開，屋內相當明亮，日光燈還會發出電流聲。

「該攻擊就不要留情，遇到拿槍的就趕快跑。」呆頭鵝小聲交代，俊義點頭後兩人戒備地進屋。

他們來到一間房門前，彼此用眼神示意後俊義便輕輕打開門，見裡頭沒反應呆頭鵝才舉槍快速查看房內，確認沒人後輕拍俊義的肩膀示意下一間。他們就這樣查了許多房間，直到一樓最尾端的房間，他們點頭後進入。

房裡相當昏暗，不像其他間都有開燈，唯獨神桌上的蠟燭散發火光，桌上跟岸邊小廟一樣擺著石碑，唯獨雕刻的金字與小廟不同，上頭刻著：定山。

「用膝蓋想也知道……不然怎麼蓋得了這間房？」

俊義走上前，輕輕觸碰上面供奉的石碑，但在撫過金色的字時卻覺得觸感有些獨特，不像隨處可見的石頭，更不像剛剛爬山時接觸的任何一塊，這塊石碑表面摸起來不如外觀那般光滑，指腹還會沾到不明的金色粉末。

「我會再聯絡隊長來這裡找屍體，趕緊查房要緊。」

兩人離開房間後朝二樓移動，呆頭鵝持槍走在前面，確認二樓走道沒人，他們才來到第一間房，進去後發現有一段繩子掛在鐵管上，地面還有很新的血跡，讓俊義慌張地跪在地上查看。

呆頭鵝在角落發現碎掉的兒童手錶，便將碎片收進一個布囊中，看樣子那群人知道位置暴露後全跑光了。

「俊義，我們──」

門口一道火光閃爍伴隨著巨響，呆頭鵝還來不及反應右手臂就被子彈給打穿，疼痛感使他跪倒在地，槍也從手中掉落。俊義則被槍響弄得頭暈耳鳴，他摀著耳朵看向門口，發現一名身著白襯衫的男子拿槍指著自己。

呆頭鵝認得對方，是這附近的角頭，相比其他地區的角頭而言，這人名聲極差，經常出沒在警局，還曾大搖大擺地騷擾年輕女警，所以他的印象很深。

「你也是偵查隊的？我好像沒看過你。」玉哥鄙視地說道。

「好璇呢？」俊義情緒激動地問道：「她人呢？如果你們敢傷害她──」

「你應該是那女孩的哥哥對吧？這給你。」玉哥丟出一罐玻璃瓶，瓶子落在了俊義的懷裡，他看了頓時崩潰大叫，因為裡面泡了兩顆被暴力破壞的眼球，「抱著妹妹的遺物應該能讓你死得比較安心。」

「你這瘋子！」呆頭鵝憤怒地罵道：「你們怎麼做得出這種事？」

「要怪就怪那些把死人埋在自己家底下的古人，如果不是他們先這樣幹的話，我們也不用這樣保護城鎮，但既然我們都弄髒手來幫居民換取和平了，我們又有什麼錯？翩木鎮的居民都該心存感激才對，是他們不知道自己每晚都睡在別人的屍體上面。」玉哥講得非常亢奮，手舞足蹈地像個發表演說的政治家，由此可知他為自己的工作感到驕傲。

「那是因為他們不知道家是怎麼建——」疼痛感從手臂的中彈處蔓延至胸膛，呆頭鵝一度覺得氣管像被人緊緊掐住，完全發不出聲。

「總之，這個祕密必須守住。」

俊義趁著玉哥忘我地演說時衝撞他的腹部，由於攻擊過於突然，以至於玉哥來不及反應，開槍時子彈打偏，從俊義耳邊略過，而這男孩好似條瘋狗，儘管槍聲使他頭痛欲裂卻沒因此停下動作，而是滿臉淚水的抱著玻璃罐，從口袋裡抽出甩棍揮向玉哥的臉。

玉哥被這一棒打得頭昏眼花，俊義見狀準備朝對方的腦門補一棍，卻因為耳朵還處在耳鳴狀態，以至於沒聽到身旁有人跑來。

俊義被架開的瞬間，回過神的玉哥對趕來的小弟表示讚許，卻在起身時注意到房裡的槍口，就在呆頭鵝準備開槍時，整棟房子突然斷電，驚得他沒能穩住彈道，子彈也因此打偏。

躲過死劫的玉哥趕忙朝房裡開槍，不料裡面傳來了急促的腳步聲，嚇得他想開第二槍，卻率先被呆頭鵝撞倒在地。

而突如其來的停電也給俊義機會掙脫，他用玻璃瓶敲中了小弟的顴骨，見對方沒倒他本想多補一拳，卻被對方踹到了呆頭鵝身上，手中的玻璃瓶也因此落地，他頓時不管一切地摸黑尋找妹妹的眼睛，但還沒找到就被某人給拉住。

「放開！」

俊義悲憤地吼道，但對方仍緊緊抓著他的衣領，一下子就將他拉下樓，接著被帶到大門外。

「文瀞，妳快帶著俊義離開！」呆頭鵝蹣跚地追上來，將裝有手錶殘骸的布囊扔給對方後，關上大門喊道：「快走，我隨後就到。」

「但是——」還沒等俊義說完，文瀞便拉著他開始跑。

「快跑！能跑多遠就跑多遠！」

呆頭鵝奮力擋著大門，直到裡面的兩人一起撞門才被撞開來，他忍痛起身，看著持槍的玉哥瞄準自己便不斷倒退，當他退至崖邊時，無可奈何地笑了，他曾跟皓霆開玩笑地說自己之所以當警察，就是因為想要個戲劇性的死法，現在如願以償了，感覺卻很不是滋味。

槍響的那刻樹鵲嚇得鳴叫，他感覺手臂不再疼痛，身體也輕盈的像是在雲端，山林被關了靜音，氣溫驟然升高許多，此時樹鵲飛到了面前，彷彿來接送似地，帶著他前往陽光所在之處。

玉哥看著呆頭鵝墜落山谷，氣得讓小弟趕快去追人，自己則因為肚子痛不得不坐在門邊休息，此時玉哥口袋裡的手機響起，他在看見來電人後嚇得連做好幾次深呼吸，才接起電話。

「董事長，找我有什麼事？」玉哥畢恭畢敬地問。

「處理好了嗎？」
「全都妥當了。」
「當真全部解決了嗎？」面對董事長的質疑，玉哥內心閃過一絲不安，畢竟那名高中生還沒死。
「請您放心，都妥當了，絕對不會影響到儀式，還請董事長讓法師做好準備，到時候我會準時去接他。」
「不用，儀式當天他會親自去帶男女童，你只管做好自己分內的事情，知道了嗎？」
「知道了。」
電話掛斷後，玉哥整個掌心都是汗，他起身望向山谷，思索著小弟們都不在的話，自己該怎麼下去處理屍體。

(五)

(六月十一日，下午五點三十分)

刑事局裡，皓霆在偵查二隊的朋友協助下，見到了被扣押的琪琪爸，也不給對方任何說話的機會，便直接把琪琪爸給帶走，由於琪琪尚未解剖，因此屍體被暫時存放在國立殯儀館內，所幸皓霆平時為人不錯，再加上副局長的幫助，刑大隊裡有不少人願意協助辦案，接手的偵查二隊也很樂意讓皓霆多管閒事。

由於皓霆車禍受傷，便拜託好友幫忙把琪琪爸押上車後，開車趕往殯儀館，路上琪琪爸仍舊瘋瘋癲癲的狂吼，讓後座的人煩躁地用膠布將他的嘴封住。

他們開了將近一小時的車才抵達醫院，在殯儀館人員的帶領下來到了停屍間，琪琪爸看著他們將一具嬌小的屍體從鐵櫃裡拉出，踉蹌地走上前，眼神空洞地跪倒在旁，儘管面孔變得支離破碎，他仍舊認得出這人就是自己唯一的女兒。

偵查二隊的伙伴指著琪琪身上些許瘀青，對他說那些不是新傷，而是長期累積的舊傷後，始終板著臉孔的男人終於崩潰痛哭。

皓霆打開錄音機，輕拍對方的背，告訴他還有彌補女兒的機會，他這才開始訴說自己對女兒的所有虧欠，也深知自己無法給女兒更好的生活，所以才想把女兒交給別人養，皓霆聽了滿意地點頭，問他把女兒賣給了誰。

琪琪爸說自己是跟一位西裝男談的，但當天卻是一對年輕男女來帶走琪琪，男方身著白襯衫，看起來心浮氣躁，氣質極差，嘴巴不時碎念著難聽的字眼，反觀女方談吐相當有氣質，長得也非常漂亮，眼角還有顆淚痣，皓霆頓時想起工地主任在找的人。

皓霆追問那兩人的身分，琪琪爸說男方叫周玉明、女方叫郭彩曦，但在他們離開時，他一度聽到了白襯衫叫自己的老婆「青芳」，當時他其實有懷疑這兩人的關係，但因為有警察擔保他們，所以始終沒有多想。

所有人聽到有警方擔保，無不感到疑惑，為什麼這種非法事情會有警方擔保？便追問警方的名字叫什麼？琪琪爸說自己不記得名字了，只記得對方寫字明明是用右手，但滑手機跟抽菸時卻是用左手，讓偵查二隊的人聽得更疑惑，唯獨皓霆聽了不禁打了冷顫，因為他確實認識這麼一個無法正常使用慣用手的人。

皓霆將錄音機關上，並拜託好友們幫忙把琪琪爸帶回刑大隊後，趕緊聯繫在局裡的警務員調查這兩人。

此時他在想著要不要打電話給文瀞，看她到底抵達了沒？那邊的狀況如何？但又很怕這通電話會打擾到對方，想到這，胸膛的內傷又不爭氣地開始痛了。

（六月十一日，下午六點）

北方的山上，俊義盡可能不去想剛剛的槍聲，否則腳步會因此停下，心也會跟著墜入谷底。他跟著文瀞跑過岔路，來到了垂直山壁前，順著繩索爬下去，此時追趕而來的黑道小弟也來到了這裡。

俊義因為失足而墜落，雖然高度很低，但腰仍舊撞上了地面，以至於起身變得有些困難，文瀞趕緊扶起他繼續向前，兩人眼前還有一處山壁要爬，那裡最高、也最為陡峭。

文瀞拉住繩索，盡可能快地踩加跳下山，俊義緊隨其後，卻在途中被小弟抓住衣領，俊義朝對方出拳，腰部的傷卻害他滑下山坡，小弟也跟著掉了下去。

兩人及時抓住岩壁，並在驚嚇之餘繼續纏鬥，直到文瀞抓住小弟的褲管，朝著對方的臉噴防狼噴霧，小弟才尖叫著滾下山谷，最終狼狽地摔到地面上，又是捂眼又是扶腰地發出哀嗚。

兩人抓準機會，順著山坡往下跑，抵達地面後跳上文瀞租得公共腳踏車逃進城鎮裡。

（六）

（六月十一日，下午六點五十分）

皓霆吃過晚餐後回到翩海分局，底下的警務員已經調出所有人事資料了，然而這些叫青芳的沒半個有淚痣，讓皓霆懷疑青芳不是本名，而是化名。

兩人決定換個調查方向，直接從雲端的案件紀錄裡試著找關鍵字，沒想到真的找到一份三年前針對寶慶娛樂旗下紅牌的指控，本名叫郭夢婷的青芳涉嫌透過仙人跳詐騙取財，受害者數量粗估至少十人以上，但這案子資料並不完整，兩人見狀趕緊進到檔案庫裡翻找，一番苦戰後終於在角落的資料夾內找到了當時的文件紀錄，報案人提供的青芳照片，眼角就有那顆代表性的淚痣。

這起案件的最後，因為證據不足，再加上報案人意外死亡，調查進度也只能就此停擺，但皓霆不相信報案人是出意外，因為寶慶娛樂就是元椿旗下的子公司。

「三年前……當時我還沒來，隊長，這案子你知道嗎？」警務員問，皓霆困惑地搖頭，畢竟當時的他也還不是隊長，不可能什麼事情都知道。

「負責調查的人是誰？」皓霆問道，警務員聳肩表示沒仔細看，兩人為此翻頁檢查，卻在看到名字時愣住，廖于明，這人三年前還是偵查佐，現在則是偵查隊的副隊長。

因為有警察擔保他們。

這些年來，元椿建設總能猜出他的下一步，今天更是連他在哪裡都一清二楚，以前他被局長的攪局惹得十分惱怒，因此被蒙蔽了雙眼，完全忽略了身邊藏有叛徒的可能性。

想到這，皓霆趕緊搖頭，不過是跟元椿扯上關係的詐騙案罷了，廖于明是陪他出生入死的兄弟，當上副隊長後更是他最得力的幫手，怎麼可以因為這樣就懷疑對方。

警務員沉思許久後，正想說些什麼時，文瀞剛好打了電話過來，皓霆驚得趕緊走出檔案庫接電話。

「你們沒事吧？俊義跟呆頭鵝呢？」

「雖然先前被人給追殺，但我跟俊義都沒事，然後我們在山裡面的建築物找到了一隻壞掉的手銬喔。」

「妳找到了手銬？」皓霆疑惑，為什麼他們沒把那玩意收拾掉？「晚點我還有事情要調查，妳拿到警局後說一聲，我會叫人去後門找你們，話說呆頭鵝呢？他怎麼沒跟我回報？」

「他應該死了喔。」皓霆頓時愣在原地，以為文瀞再開玩笑，畢竟誰會這麼平淡地回報別人的死訊？「對不起，雖然沒有親眼看見，但我跟俊義都聽見了槍聲，呆頭鵝直到現在也沒有跟我們聯絡，反而是建商的人追著我們下山喔。」

「但你們沒看到……那怎麼知道——」皓霆頓時感到腦袋沉重，胸口劇烈疼痛，眼前的景色逐漸模糊，嘴唇也開始打顫。

「隊長，他直到最後都在幫我們爭取時間逃命，是我這輩子見過最勇敢的人，我還要安撫俊義，希望你可以調整好自己的心情喔。」

電話掛斷後，皓霆憤恨地搥牆，把路過的女警嚇得不敢進檔案庫。

從訊號只有短暫連接可以猜想，那群黑道知道自己位置暴露，不久就會有警察前往，但礙於雇主要執行打生樁的儀式，他們絕不會把事情鬧大，所以照理來說，他們只會帶男女童跑路，而不是浪費人力留下來跟警方火拼才對，到底為什麼呆頭鵝跟俊義會遇到了這麼嚴重的危機？

皓霆忍不住猜想：如果建商知道去的人只有一名警察，以及一名男高中生呢？

「隊長，發生什麼事了？你還好嗎？」警務員擔憂地詢問。

但他無視部下的關心，逕自回到辦公室裡抓起腰帶，並從置物櫃裡拿出工具和佩槍，氣勢洶洶地朝後門走去。

「隊長，到底發生什麼事了？」警務員不斷追問。

「晚點那兩個孩子會帶重要證物過來，你留在局裡待命。」皓霆奮力推開後門，找到自己的警車並將裝備全部扔到後座。

「張皓霆，你想去哪？」被騷動引來的局長怒吼，但皓霆沒有理會，逕自上車點火後打入D檔，「我跟你講話沒聽到嗎？給我滾下車！」

他踩下油門朝局長衝去，嚇得對方不斷倒退，接著在撞上前把方向盤轉到底，從警局後門離去，氣得局長狂噴髒話，把無辜的警務員踢了一頓。

受到夕陽渲染的紅海，正隨著日落逐漸染黑，文瀞默默地陪著癱坐在海堤邊、滿臉淚水的俊義，現在已是晚餐時間，居民們不太會在這時候來海岸線，更何況是偏僻的小廟這區，因此可見範圍只有他們兩人在。
「我要他們付出代價……」文瀞聽了，轉頭看向表情扭曲、又哭又怒的俊義，「我要他們拿命來賠！」
「你打算怎麼做呢？」
「我……」俊義懊惱地抓著頭，對著她吼道：「妳不是走了嗎！為什麼要回來？」
「看到我不開心嗎？還是你希望我像十二年前一樣，走了就不再回來呢？」
「我……」俊義知道自己拿這女孩沒轍，但又止不住怒意地吼道：「我妹妹的眼睛被挖了！呆頭鵝也……我怎麼可能開心！」
「呆頭鵝的事不是你的錯喔，然後你說的眼睛是指這個嗎？」文瀞從後背包裡拿出裝眼球的玻璃罐，讓俊義滿臉震驚，「掉地上時剛好滾到我腳邊喔。」
「給我。」文瀞刻意拿遠，俊義惱火地抓住她的肩膀說：「快給我！」
「你真的想要嗎？」
「廢話！」俊義仍舊伸手去搶玻璃罐，沒想到文瀞主動給了他，說：「好璇肯定還沒死，因為打生樁必須要是活的喔。」
「她現在這樣跟死了有什麼兩樣？」俊義手緊緊抓著玻璃瓶吼道：「她這樣根本生不如死！還不如——」
「還不如怎樣？至少她活了下來，還可以等我們把她救出去，還有人等著她回家，還可以跟你一起吃早飯，累了就在沙發上面睡，難過就可以跟你訴苦談心，不管如何至少她都活了下來，而不是永遠只能存在你的記憶裡面！」文瀞生氣地指著俊義說道：「難道你因為這樣就寧可不去救她嗎？讓她被人活埋你會比較開心嗎？你希望以後想妹妹時就到社區裡面抱柱子嗎？如果是我才不要，憑什麼要我犧牲家人去換其他人的安寧？我才不管這座城鎮的人要怎麼活，最好住在這的人夜裡都被大地震壓死，這樣就不會有人想住翩木鎮，建商就沒有必要繼續做打生樁了！」

跟文瀞相比，俊義的痛苦頓時變得好小，他仔細回憶著跟妹妹相處的所有時光，難過地再次放聲大哭，文瀞見狀默默地走上前抱住他。

「對不起……不論是妳還是文怡，我都很抱歉。」俊義哽咽地說道。

「當時的我們都還太小，但現在不一樣了，你要相信好璇還在等我們，好嗎？」

俊義激動地點頭，小廟前的燈籠擺盪著，六月的微風有些炙熱，撫過海面時還帶了點黏膩，待情緒平復後兩人才分開，文瀞前去牽腳踏車時，俊義在後頭看著她的背影，雖然悲傷的情緒仍無法消退，但內心也感受到了一絲暖意與安全感。

「好點了嗎？」文瀞牽著腳踏車過來。

「至少有做事的動力了，妳是如何讓房子停電的？」

「地下室有發電機跟總開關，你們沒先斷電讓我很驚訝喔。」

「我們原本是打算找完二樓再下去，不過……算了，接下來我們要做什麼？」

「隊長叫我們把這隻壞錶拿去給他部下，要走了嗎？」

俊義點點頭，並將玻璃罐收進文瀞的後背包，關上拉鍊的瞬間，淚水再次忍不住落下，但他這次很快地將其抹去，跳上腳踏車與文瀞前往警局。

兩人進到霧裡並沒有放慢速度，俊義憑著這些年騎車的經驗，選擇直接騎在馬路上而非人行道，站在後座的文瀞則仔細觀察街道變化，適時地拍肩提醒俊義有來車。

抵達警局後，文瀞傳訊息讓皓霆找個部下來後門接應，沒多久一名陌生男子從後門走出，俊義原本想上前打招呼，卻被文瀞即時拉住，低聲表示自己查過資料，那人是翩海分局的局長，俊義頓時想起先前呆頭鵝提起局長的反應，眼神不由自主地跟著戒備了起來。

「你們有什麼事嗎？」局長熱情地招呼兩人，同時指著俊義手中的布囊問道：「那是什麼？」

「沒什麼。」俊義趕緊將東西藏到身後。

「有什麼好躲的？是要交給警方的東西嗎？既然是要交給警方的，那給我不是更快嗎？我就是這裡的局長，你們有什麼好擔心的？」

「你是局長嗎？原來你就是局長！」俊義興奮地抓住對方的手，眼神像是看見救世主，湊到對方面前高呼：「太好了！我就需要找個高官來協助，畢竟那些警察不是吃案就是不管，真令人火大。」

「我跟他們不一樣，不是誰都能當局長的，來！把東西給我。」

「東西？」俊義攤開雙手，局長這才注意到布囊早已不見，「我沒有東西要給，只是有很多話想跟你說。」

局長發現文瀞朝著警局側面奔去，氣得要將俊義推開，但這男孩死纏爛打地抱著他，拼命訴說著這兩天的不安，妹妹不見了多恐怖，還沒半個警方願意相信跟處理，請局長務必要主持公道，邊說邊把對方推到牆上，不是每個警方都身手矯健體力好，局長也不例外，更別提他早已上了年紀。

文瀞來到側邊窗戶將布囊交給了警務員，不久前他在後門看見局長，便立刻用手打暗號，讓他們其中一人把東西拿到側邊來。

警務員戴上手套後將布囊打開，挑出手錶碎片裡的電子元件，並將剩於的外殼碎片放回布囊，準備送去採集樣本。但他現在要先前往資訊室，那裡才有專家可以從焊接記憶卡裡提取資料。

俊義看到文瀞回來後，給了局長一個深情擁抱，說著將一切全部交給對方處理後，轉頭跳上腳踏車，文瀞卻突然給他後腦勺一巴掌。

「妳幹嘛？」

「沒事喔。」

「我做了什麼嗎？」

「沒事喔。」

文瀞裝沒事地轉過頭，搞得俊義不解地騎車離去。

另一邊，局長氣急敗壞地要去找人，副局長卻在此時擋在面前，他那勾起的嘴角彷彿不把所有權勢當一回事，也不把紅塵紛擾看在眼裡，讓局長厭惡至極。

「讓開！」局長吼道，然而對方始終擋在前面。

「你想好自己的退休生活要去哪了嗎？」副局長笑道。

「退休？」局長倔強地說道：「只要完成這起建案，元椿就能回到原本的地位，想幹掉我們沒那麼容易——」

「你想多了，元椿建設近年來太多醜聞，你們就只是大家的眼中釘。」副局長的眼裡滿是笑意，讓他驚得雙手顫抖，「去年那幾棟海砂屋讓吳立委跟辛沐科技的趙董損失超過一億，蕭議員也身敗名裂，喔對！好像還因為這起醜聞害吳立委失去競選黨主席的機會。」

「立委他——」

「你們該不會直到現在都以為吳立委喜歡元椿吧？」副局長打斷道：「五年前聽說張皓霆的姪子被報復性綁架後，他心裡被狠狠地扎了一針，因為他也有個剛上幼兒園的孫子，一想到你們這麼冷血，你覺得他會有多不安？」

「你明明知道那不是元椿幹的，我也搞不懂為什麼調查都沒進度……明明應該是很簡單的案子才對——」說到這，局長意識到了什麼，「是你嗎？」

「你在說什麼？我聽不懂。」

「一定是你！」局長揪著他的衣領，咬牙切齒地吼道：「只有你最受張皓霆信任，也只有你知道他當天會獨自帶堂弟出去。」

「現在大家都有意扶持域銘建設取代元椿了，如果你被抓到把柄可就沒有退路了。」副局長將他推開後說道：「還記得三年前你問我退休後想去哪嗎？當時你不是真的在問我，而是想要趕我走，現在立場對調了，你想好要去哪度過餘生了嗎？」

「少在那邊囂張！你們也還沒贏，尤其張皓霆知道你從頭到尾都在利用他的話，他肯定——」

「你在說什麼？」副局長笑道：「我跟他可是同甘共苦的好兄弟。」

（七）

（六月十一日，晚上九點）

閃爍的霓虹燈光在黑霧中彷彿燈塔，指引工作不順心的人入內買醉，這裡是翩木鎮的不夜街，但皓霆沒有進到裡面，而是將車停在了街道口，與新聞部編輯張志光傳訊息。

他們已經聊了一個多小時，但幾乎都是在談條件，還沒開始談什麼正事，皓霆想從他那邊挖到有關於青芳的資訊，但對方要求他作為交換，必須把打生樁的最新進度告訴他。

有關於這點皓霆遲遲不願意妥協，還拼命強調協助警方是國民應盡義務之一，直到對方決定撒手走人後，他才不得已勉強同意，沒多久志光就主動打了電話過來。

「隊長，其實我之前有過一個計畫，就是做有關於打生樁的專題報導，順便找些網路當紅的人來加入談論。」志光說。

「那不是很好嗎？為什麼不做？」

「嘛，沒有關鍵的亮點啊！沒亮點的專題就跟沒酥皮的威靈頓牛排一樣無聊，也勾不起觀眾的興趣。」

「聽不懂你的舉例，總之你需要亮點是吧？」

「沒錯，隊長如果有的話，我就可以重新啟動這個計畫，至於你說的青芳，讓我稍微整理一下手邊的情報，順便問問熟人，我會盡量在午夜前整理給你，這段期間請你也準備相對應的情報來交換。」

「行……」皓霆煩悶地撐著頭，實在不想被人牽著鼻子走，但現在的他比誰都需要這些資訊。

「那麼晚點見。」

電話掛斷後，皓霆決定下車抽根菸，卻在下車後看見那名叫了很久，卻姍姍來遲的副隊長抵達。

「明兄。」皓霆雙手交叉地倚靠在車門邊，表情凝重地讓副隊長感到疑惑。

「聽說你被局長罵了，怎麼，想找我陪你喝一杯喔？」

「你還記得嗎？六年前的鄭懷霖案件，我們就是跟著隊長來這裡掃毒。」皓霆從胸前的口袋掏出一根菸，卻沒像以往那樣遞一根給對方。

「廢話，當時我差點死掉。」眼看皓霆沒打算分菸，他也只能拿自己的。

「當時我跟隊長都不知道鄭懷霖藏鐵，原本還以為死定了，沒想到你幫我擋下了那一槍。」

副隊長遲遲沒將菸點上，咬了一陣子後，決定將菸拿在手上把完，皓霆看了深吸一口氣，讓菸填滿整個肺。

「如果時間回到那一天，你還會幫我擋槍嗎？」

「才不要，痛死了，況且你根本就是打不死的蟑螂，這些年看你這樣，都讓我覺得當時這槍是白擋的。」

「我想也是，但你是不是有什麼事情沒告訴我？」皓霆的話讓現場氣氛冰到極點，「我以往不曾管過你，但我很好奇你這幾天的行程，還有……去完翩鑾宮後，你去了哪裡？」

「我去支援呆頭鵝。」副隊長回答道，但皓霆很明顯還在等他接著說，「我承認自己跑去鬼混，很抱歉，下次不會再犯。」

「是去鬼混，還是打給了不該聯繫的人，像是元椿建設？」

副隊長的臉頓時變得陰沉，皓霆將最後一口菸吸乾後，將菸彈進了下水道，他們兄弟這麼多年，有些習慣漸漸變得一樣，這原本是很溫暖的事情，但這次兩人之間就像那擲入水中菸蒂，掀起陣陣波瀾。

「皓仔，我跟你兄弟這麼多年，你應該很清楚我站在你這邊。」

「那你認識一個叫做琮輝的人嗎？」

副隊長聽了瞪大雙眼，下午俊義被綁架時，皓霆從對方口中聽到了這個名字，經過調查發現這人自十二年前好友發生意外後，便從此消失在了眾人視野裡，就連家人都不再聯絡，原本只是想測試看看，沒想到副隊長的反應會這麼大，屬實令人心寒。

「明兄，整間警局唯一知道我們偵查隊行蹤的人，除了我以外，就只有你而已。」

「呆頭鵝不也是嗎？」

「你說的對，呆頭鵝也是，所以他自從前往北方山區後，直到現在都沒跟我聯繫，如果文瀞的說詞沒有錯，呆頭鵝應該是被殺了……」皓霆因為極力壓抑情緒，導致嘴臉變得相當扭曲，「我還沒有時間去確認，那麼你覺得呢？情況到底是如何？」

「我很遺憾……」副隊長別過頭，盡可能不去直視皓霆的臉，這種還保留些許良知的反應，卻讓皓霆更加憤怒。

「明兄，我想問的還不只這些，汪書琪的屍體在昨天被發現，但根據周老師的說詞，她確切失蹤的日期應該是四天前的夜晚，也就是六月六日的晚上，今天下午我去見汪先生時，他說自己把女兒賣給了一對夫妻，而這其中還有個警察做擔保，他明明寫字都用右手，唯獨滑手機跟吸菸時是用左手，而我認識的人裡剛好有這麼一個人，因為六年前右肩膀受了槍傷，導致右手沒辦法長時間活動，偏偏這人煙癮很大，所以就改成了左手抽菸。」

皓霆看著副隊長左手的香菸，眼神頓時變得銳利許多，語氣也不免跟著激動了起來。

「四天前城鎮還沒起霧，我就讓人查一下你當天的行蹤，發現晚上九點到午夜十二點這段期間你不在局裡，也沒有開車外出，所以我在來這裡之前，去你家附近問了鄰居，卻從他們口中聽到你晚上十點多時，急急忙忙地出了門，不知道要去哪，如果你還把我當兄弟看待，可不可以告訴我當晚你去了哪裡？」

「你手上肯定還有監視器畫面，對吧？」面對問題，皓霆選擇沉默，因為他確實叫人追查了那輛失竊車輛先前還去了哪裡，發現抵達琪琪家之前，這輛車停在了副隊長家附近一條沒有監視器的巷子，不久後才又重新出現在監視器的視野裡，了然於心的副隊長無奈地扶著額說：「我就覺得奇怪，為什麼他們突然說要找警察做擔保，再加上這麼浮誇的車禍事件，以及沒清掉的手錶，這樣一切就說得通了，那傢伙果然還是心軟了……哈哈！」

「你在說什麼？說清楚。」皓霆氣憤地抓住對方的衣領，但副隊長卻笑個不停，「告訴我真相！廖于明！」

「皓仔，警察的宗旨是什麼？」見皓霆不回答，副隊長繼續說：「維持公共秩序，保護社會安全，防止一切危害，促進人民福利。」
「你想說自己是在促進人民福利嗎？」
「我不只是在促進人民福利，更是在實踐所有警察宗旨，如果房屋整天倒塌，要如何維持公共秩序？如果居民每天活在恐懼之中，要如何維護社會安全？如果危害是可以被防止的，為什麼我必須視而不見？」
「你說的這些，都不該建立在無辜孩童的性命之上！」
「那是因為你沒親眼看見馬鄰地的可怕，你真的以為這裡只有蓋房子才會遇到危險？你錯了，馬鄰地不會消失，但守護靈的效力是會逐年衰弱的。」副隊長的話讓皓霆瞪大了眼，「你不知道嗎？既然你查過打生樁相關的故事，就應該知道前幾年大湖公園淹死了不少人對吧？你覺得這是為什麼呢？」
「那不過是意外……」
「你覺得是意外？哈！真希望大湖公園只是意外跟巧合，到時候換我們這裡的海岸開始連續淹死人後，你還能這麼想嗎？這裡身為先人的長眠之地，既然我們要居住在這，就必須付出相對應的代價，保護居民的安全，這又何嘗不是我們警方的工作？」
「才不是這樣！」
「你只是在騙自己，你其實早就看到那些新聞了，也早就懷疑打生樁的效力到底可以持續多久，不然又為何要一頭熱栽進調查？又是為什麼極力阻止打生樁繼續進行？找堂弟？呸！你很清楚就算查出了打生樁，你堂弟的案子也不會得到解答，叔叔跟嬸嬸也永遠不會原諒你！但你還是栽進來調查了，為什麼？不就是因為知道打生樁有時效嗎？我選擇了跟你不同的道路，遊走在城鎮的反面保護大家的安全，這樣又有何不對？」

「閉嘴！」

皓霆胸膛的內傷因為過於激動而疼痛，他難受地捂胸，副隊長則沒像以往那樣伸手攙扶。

「皓仔，我們的目標都一樣，保護人民的安全，讓這座城鎮的人感到安全，只要看到這群活在表面的人還能歡笑，就是我當警察最大的禮物。」

「多久了……」

「中彈那天，我看見那被混帳父親背叛後，仍然努力扛起家計的母親來接我，年輕時她經常告訴我，要保護村子裡的所有人，結果幾天後，我就收到她同事的消息，說什麼她失足摔下海，被浪濤給捲走了，但怎麼失足的他們完全不清楚，因為當天是走在平坦的泥地上，就連我母親為什麼會突然靠近海邊，他們都不知道。」副隊長從沒告訴任何人這件事，就連皓霆也是第一次聽說，內心的震驚可想而知，「這樣吧，皓仔，既然你想阻止打生樁，那就儘管試試看吧！從現在起我不會再干涉你，如果今年你成功了，我就放下一切，安安靜靜地離開翩木鎮。」

皓霆原本想說些什麼，但副隊長轉頭就走，接著像是想到什麼停下了腳步。

「呆頭鵝的事情我真的很抱歉，那並不是我的本意……可惜現在說什麼都晚了。」

副隊長的身影消逝在糜爛的街道裡，皓霆起身後，淚水不禁在眼眶打轉。

「我阻止給你看，混帳東西……」

第四章

弊案

（一）

（六月十一日，晚上十一點）

俊義坐在客廳沙發上，抬頭看了眼時鐘，心想應該差不多是時候了才對，然而家裡的電話遲遲未響，母親並沒有打電話來關心他們的狀況。

雖然俊義在房裡找到了之前的舊手機，但sim卡需要時間補辦，他只能連接家裡的Wi-Fi，看母親會不會打通訊軟體、或至少傳些訊息給他，然而母親始終沒有打來，他對此既安心又難過。

「你等再久都沒意義喔。」洗完澡的文瀞說道。

「隊長聯繫妳了嗎？」

「他說自己有事要辦，明天一早會立刻聯絡我們，要我們好好休息喔。」

「好。」

俊義搖搖晃晃地起身，準備回到房間時突然被文瀞抱住。

「你沒有錯喔。」文瀞說。

「不，這全都是我的錯，都是因為我——」

「你沒有做錯任何事情喔。」

「但是……」

「沒有人怪你，所以不要自責喔。」

「對不起……」

「不要道歉。」文瀞將臉埋進俊義的胸膛，聆聽著他的呼吸與心跳，陪伴的實感也讓俊義撕心裂肺地哭了起來，「你還有我陪著喔。」

俊義聽了，將文瀞緊緊擁入懷中，此情此景，如同當年坦承自己趕走妹妹的文瀞，以及不曾怪罪、而是選擇擁抱她的父親。

（二）

（六月十二日，午夜十二點三十分）

元椿建設旗下的寶慶娛樂設有酒店，不管是商務還是普通客人都有招待，那家酒店主要由角頭管理，多年來衝突事件也沒少發生過，但真正上過各大新聞頭條的只有一起殺警案，有名員警到場勸架，卻反被捲入鬥毆致死，案件最後也只逮捕了幾名涉案的幫派成員，實則疑點重重。

如果張志光的消息沒錯，青芳這女人的學歷其實很高，臺大外文系畢業後被一家娛樂公司簽約當小模，但在解約後卻跑到寶慶娛樂底下當酒店小姐，動機讓人摸不著頭緒。

而青芳除了平時的正職外，還有在做仙人跳詐騙。志光根據以往爆料者的說法來看，青芳不只是店裡的紅牌，還是角頭的女人，但來店的客人都是褲子脫了才知道她名花有主。

青芳會花時間釣魚，摸清對方性癖後，暗示有錢的常客私下可以進行性交易，等來到汽車旅館還會跟客人一起洗澡，在流水中透過肌膚接觸，表現出自己與對方有相同的癖好，卻又在慾火挑逗到最高點時欲擒故縱，誘惑男方硬上便開始大聲呼救，玉哥就會帶好幾名小弟闖入。

這是面對無戒心的客人時採取的腳本，有戒心的會花更多時間釣魚，反正男人只要小頭上升智商就會下降，他們可以靠仙人跳賺很多。爆料者希望能將青芳跟酒店的事情公諸於世，但志光認為這種新聞毫無特色，青芳在大眾心裡默默無名，角頭更是有權有勢，這種新聞既炒不起話題也帶不動點閱，甚至會害自己陷入無聊的危險之中，所以從沒寫過稿。

如今這資訊派上用場，志光非常期待仙人跳的愛恨情仇，可以怎麼跟打生樁扯上關係，作為交換，皓霆把剛剛發生的事情，以及手邊跟打生樁有關的案件資訊告訴對方，所幸志光興然接收，而不是要求更多。

雖然皓霆沒來過這家店，但這邊的高層應該會認識他才對，所以他的到來引起了某些員工跟小姐的注意，但他就希望高層被驚動。

今天店裡幾乎沒有客人，接待將他帶到一間小包廂，並問他有沒有指定小姐？皓霆不想找得太直接，因此讓他隨便指派就好。

在小姐進來前，他稍微看了下周遭環境，監視器的位置很顯眼，但那肯定不是唯一的監視器，畢竟寶慶的汽車旅館就有隱藏監視器，這也是為什麼受害者要強上青芳時，他們除了人證外還有物證能指控男方。

「張大哥您好，我是曉楓。」

一名年輕的女孩進到包廂，訕訕地坐在他身旁，拿起桌上的威士忌要給皓霆檢查，但他今晚來就是不打算要享受的，便讓曉楓直接開瓶倒酒就好。

「大哥您是第一次來嗎？」

「是。」皓霆接過酒杯，但胸膛的疼痛讓他有些手抖，像極了不曾跟女孩牽過手的男孩，全被曉楓看在了眼裡。

「張大哥您身材真好，平時肯定有在運動吧？您是做什麼工作的呢？」

「水泥工人。」曉楓聽了抿嘴一笑，明顯是知道皓霆在說謊。

「難怪身材這麼好，我很喜歡像您這種健壯的男人，總是能帶給我一種安全感。」

曉楓緊挨著皓霆的手臂，發現對方全身繃緊、臉色沒什麼變化，便猜這人不但少跟異性接觸，還可能是個處男，屬於超好搞定的那類型。皓霆對此感到煩躁，他原本是想挑對方小毛病來要求換人，逼店家派出紅牌為止，理想很豐滿，現實卻說不出口。

曉楓在他耳邊呼氣，皓霆此刻豁出去地抓住對方的手，面色兇惡地準備怒吼時，包廂的門被推開，他頓時像做壞事被抓到的孩子般嚇了一跳，門口的女人傾國傾城，彷彿酒店的風塵世俗皆與她無關，氣質散發著一副不食人間煙火的模樣，眼角標誌性地淚痣讓人立刻認出她是誰。

唯獨胸前銘刻著一道她此生無法抹滅的疤痕，皓霆不敢置信地望著，那道傷疤像在傾訴她曾經死過一次。

曉楓見到對方先是驚訝，接著面露擔憂地想說些什麼，卻被對方抬手阻止了。

「曉楓，這裡交給我就好，有一桌客人需要妳來接待。」她的聲音具有穿透性，可以觸碰到靈魂深處的裂口，曉楓雖然憂心，但也只能默默離開，「張大哥您好，我是青芳，抱歉突然換人接待您。」

「沒事，旁邊坐。」皓霆說道，青芳便坐到一旁緊貼著他的手臂，讓髮香盡情誘惑，這女人已年過三十，能見的肌膚除了胸膛以外，其餘無半點瑕疵，「妳是媽媽桑嗎？不然她怎麼甘願聽話？」

「我們這裡沒有媽媽桑，大哥肯定是第一次來吧？如果是的話不知道很正常。」青芳端起酒杯，眼神示意零食櫃說：「要不要嚐嚐看這裡的洋芋片？真的非常好吃喔。」

皓霆看向櫃子上的袋裝洋芋片，超商架上有的確實一點都沒少。

「我以為這裡的零嘴會高級一點。」

「這包廂等級沒那麼高，要幫您換到更高級的嗎？」

「不需要，在這裡就行了，方便問妳這疤痕是怎麼來的嗎？」皓霆疑惑是因為他從沒得到有關於傷疤的資訊，更別提這樣愛美的女人為何會這樣暴露傷痕。

「男人果然都只會注意某個部位，您會嫌棄這道傷痕嗎？」皓霆搖頭，青芳便在他耳邊低語：「我曾被像你這樣的男人深深吸引，死心塌地付出所有，當年我為了彼此日夜編織的夢想，瞞著他來到這裡賺錢。」

「後來怎麼樣了？」皓霆因為要開車，所以始終沒有喝酒。

「那晚他發現我在這裡賺錢後大發雷霆，桌上的東西摔完就換櫃子，櫃上的東西摔完就進廚房拿刀，他知道如何剝奪女人的價值，所以瞄準臉而來，雖然我躲開了，但也留下了你看見的這道傷疤。」青芳楚楚可憐地眼神讓皓霆心花怒放，「你呢？你跟那個男人一樣嗎？」

「當然不同，我有自信可以保護所有人——」原本想誇耀自己的皓霆突然想起了呆頭鵝，臉色因此沉了下來，青芳看在眼裡卻沒說什麼，「不過最近我發現，自己也許沒想像中的勇敢。」

「每個人都有缺陷，敢於面對就是最勇敢的人，像我勇敢面對了自己的前任那樣。」

「勇敢面對前任？妳似乎不擅長說謊，也不太會編故事。」

「這點你不也一樣嗎？隊長大哥連酒都不喝，我手舉得都酸了，請問你今天來這裡是想知道些什麼？」

看樣子青芳也是為了找皓霆，才會刻意跟曉楓交換的，這樣也好，省得他繼續浪費時間。

「這男人妳認識嗎？」皓霆拿出琪琪爸的照片，對方點頭，他又拿出琪琪的照片，對方卻只喝酒不回應，「不用裝傻，妳肯定看過這孩子吧？」

「既然你肯定我看過，又為什麼要問？」有道理，皓霆發現自己邏輯竟然不如對方好，有些懊惱地收起照片。

「那妳知道那女孩死了吧？」青芳默認，皓霆接著問：「她是誰殺的？除了後山的小屋外，有沒有其他關押孩童的地方？」

「想要嚐蜜至少也要給點好處吧？」青芳用眼神示意他給錢，但皓霆只是瞪著她，不打算拿錢出來，「你不會沒帶現金就來這裡喝酒吧？我知道你們警方怎麼辦案的，也清楚你有多需要答案，我可以請人把你丟出去。」

「那確實會需要點酬勞。」皓霆從外套口袋掏出一捆鈔票，偷偷塞進青芳的手裡問道：「這樣可以換多少？」

青芳甚至沒點鈔，單憑經驗就滿意地將錢收進禮服口袋，她看向監視器使眼色，原先亮著的紅光不久便熄滅，接著她走向零食櫃。

「你真的不想嚐點洋芋片？青檸口味的如何？」青芳沒有拿薯片，而是將手伸到後面，用洋芋片遮擋針孔攝影機，「雖說只是一般的零嘴，但我還是推薦裝在碟子裡面吃，可以幫我拿一下嗎？就在桌子底下而已。」

皓霆摸向桌底，很快就摸到類似麥克風的東西，便將其用力扯壞。

「找到碟子了嗎？」

「沒有呢。」

「抱歉，碟子在這裡才對，太久沒來這種小包廂，不小心忘記了。」青芳打開零食櫃下方的小木門，將裡頭的竊聽器關上，並拿出一個碟子問道：「大哥吃得下整包嗎？還是先倒一點就好了？」

「一點就行了。」

看來志光的情報對了，酒店現在分兩派，雖然多數仍是元椿建設的人，但有一派據傳已被敵對的域銘建設收買，而背後的主導者很可能就是青芳。

志光曾收到許多爆料，有酒店的仙人跳內幕，也有員工的待遇問題，其中有則爆料引起他的注意，內容是有關於殺警案的內幕，那名員警並非捲入鬥爭而死，而是因為發現了寶慶娛樂的祕密被滅口。

員警不只是酒店常客，也是經常負責受理仙人跳的人，只要有顧客指控青芳跟玉哥，案件就會被他吃下來，報案者的身分也會被玉哥知道。

可以說那名員警是仙人跳詐騙中的重要伙伴，然而這樣的關係卻因為員警意外發現了某個祕密而破局，由於祕密甚至涉及到元椿建設，玉哥只好選擇滅口，並喬裝成是大型鬥毆現場，至於祕密到底是什麼？匿名者直到最後都沒有寫，讓志光看得相當火大。

不過裡面倒是有條很好的爆料：「酒店紅牌的青芳，很早之前就被域銘建設收買了。」

至於爆料者到底是誰，其實志光心裡也有個底了，估計對方只是在等時機，畢竟打倒寶慶娛樂不夠，真正的問題還是元椿建設。

「針對接下來的提問，你難道不怕我說謊嗎？」青芳問道，皓霆則搖頭。

「那對妳又沒好處，撈不了油水，也還是要繼續被關在這。」皓霆指著自己胸膛，暗示青芳的傷疤說：「這次是這裡，下次如果在臉上可真的沒救了，我的消息來源說，新聞部曾收到一封匿名信在爆料殺警案的內幕，那封信是妳寄得嗎？」

青芬點頭，皓霆對此欣賞她的有錢爽快。

「為什麼要寄那封信？妳想推翻元椿跟角頭嗎？」

「我跟玉哥是在經紀公司認識的，當時他謊稱自己是電影製作人，還說最近在拍知名小說改編的愛情劇，然後就遞出名片邀請我去試鏡，起先選拔也都有模有樣，直到入選了才發現是來這裡工作。」

青芳拿出一張又髒又皺的名片，周玉明，這名字是假的，因為警務員調查過，翩木鎮根本沒有住著叫做周玉明的人。而名片上印的是某間真實存在的影視娛樂公司，讓皓霆想起以前有位學長說過：「有些影視娛樂公司其實是間空殼，他們跟人蛇集團合作，找人架設假官網、撰寫假維基，並在徵選時由人蛇集團幹部負責挑選好人才。」

「我知道自己被騙了以後有想過要逃，也曾有客人要帶著我跑，但最後都被抓了回來。」

「我以為酒店都很重視小姐們。」

「我以為警局都很重視自己人，結果酒店死了一個警察也沒看你們繼續追查，是怎麼啦？被局長阻饒了嗎？」

皓霆默認，因為當初的確是如此，當時的他忙著埋伏毒品交易案，沒能繼續關注這案子，殺警案就這樣被局長找人潦草結案。

「其他公司我不清楚，但在寶慶娛樂裡的小姐們可不能隨便逃走，尤其是像我這種被角頭看上的人。」

青芳醞釀情緒似地飲盡杯中的威士忌，但就是整瓶喝光她也能臉不紅氣不喘，她經常懷念那個兩杯威士忌就可以頭昏腦脹的自己，有時真想就這麼倒下，像週五的商務經理們那樣笑著入夢。

「你結婚了嗎？」青芳問道，皓霆聽了搖頭，「也是，像你這種喜歡多管閒事的男人，跟了就倒楣，但至少還有選擇的權利，哪像我，只要還被關在這就不可能結婚。」

皓霆從沒考慮過結婚的問題，他將重心全放在工作上，這狀況一直到堂弟失蹤後變本加厲，他盡心盡力地偵破手上所有的案件，這樣才有多餘的時間可以調查打生椿，但偶爾他會在夜晚懷疑自己這麼做的原因，其實是想藉由破案的成就彌補對堂弟的罪惡感。

人生都需要東西麻痺自己，眼前的女人又何嘗不是？但他是因為堂弟失蹤才變成這樣，青芳又是因為什麼？

「這麼說來，你眼裡好像只看到了女童，卻忘記打生樁其實也需要男童對吧？你就不好奇男童是誰嗎？」皓霆起先疑惑，後來表情轉為震驚，「男童是我兒子。」

「妳不是角頭的女人嗎？那傢伙怎麼可能拿自己的兒子去當男童？」

「那不是他的兒子，剛剛說過有客人想帶我逃跑，是因為我跟他萌生了愛戀，我還經常趁玉哥忙著幹黑手時跟對方出去，最後在汽車旅館裡懷上了對方的種，他也真厲害，跟玉哥做那麼多次都沒中過，結果我只跟他做一次就中了，所以玉哥才會氣得想要殺了我，這道傷疤就是這樣來的，他一看到我胸膛流血，就抱著我道歉，一邊親我，一邊說自己有多愛我，但就是因為太愛了，所以才不能接受，後來我沒再看過孩子的爹，玉哥也逼我去墮胎，但被元椿的董事長阻止了。」

青芳扼腕，欲言又止地想說些什麼，直到皓霆用溫柔的眼神看著她，才稍微放鬆一些。

「你知道董事長為什麼要阻止我墮胎嗎？因為某位法師推算以後，說我的兒子出生日期有機會落在中元節，倘若順利，我兒子將能成為打生樁重要的祭品。」

「這也能推算？」皓霆疑惑，青芳聳肩。

「但法師是對的，我兒子真的在中元節出生，法師說他帶有天命，是最適合當男童的人選，我是玉哥的女人，生的孩子原本不會被選為人柱的，卻因為懷得不是他的種，所以大家都毫無懸念地認同了。我開始跟他們求情，至少讓我保存僅剩的寶物……但是——」青芳將玻璃杯拿在手上把玩，皓霆也沒逼她把話說完，「你肯定知道翩木幼兒園對吧？」

「當然知道。」

「據我所知，十二年前的翩木鎮還沒像現在這樣熱鬧時，村裡的孩子都會去那裡唸書，園長會幫元椿鎖定合適的孩童，並將相關資訊提供給高層參考，但自從招生率變差後，元椿以寶慶娛樂的名義開設一間育幼院，這樣除了可以提高表面名聲外，還能獲得政府補助，那間育幼院會刻意鎖定臺灣有靈異體質的孤兒收留，假如他們看上的目標在其他間育幼院，就會想盡辦法搶過來，這樣每當他們需要打生樁的祭品時，就能從裡面挑選適合的人選，其餘長大的孩子，將來也能為寶慶跟元椿效力。」

「所以那名員警發現的祕密……」

「就是元椿建設的育幼院黑幕，以及我兒子的存在，而他……想幫我把兒子帶出去。」

玉哥進到酒店裡時，接待人員立刻上前討好，但玉哥根本沒空管他，張皓霆到店的事情早有人通風報信，接到消息的第一時間，他便想查看監視器狀況，結果不管是監視器還是竊聽器都沒用，氣得他立刻殺過來找人。

他問接待人員是誰在陪張皓霆？接待人員說負責的是青芳，玉哥更是氣得直跳腳，不斷質問是誰讓青芳去接待條子的？接待人員先是表明自己不知道對方是條子，又說他原本派的是曉楓，沒想到後來青芳主動去換班了。

「你剛剛問琪琪是被誰殺的對嗎？她應該是被玉哥殺的，有辦法敲碎小孩腦袋還放聲大笑的人，在我認識的人裡只有他，連專門幫元椿幹髒活的琮輝都辦不到，琮輝那傢伙總是穿得像商務人士，對成人心狠手辣，但只要碰上小孩就會心慈手軟。」

「琮輝……」熟悉的名字再次出現，皓霆臉色頓時變得嚴峻許多，「那我問妳最後一個問題，琮輝跟玉哥人在哪裡？」

「琮輝我不清楚，那傢伙總是神出鬼沒的，至於玉哥之前一直都在半山腰的小屋。」青芳說道，「這跟皓霆猜得一樣，殺呆頭鵝的只可能是那混帳，青芳看著忽明忽暗的監視器說：「但他回來了，很抱歉，我不知道他們還有哪些地方會用來關押孩童，但你付得錢夠多，所以有關於這點，我會幫你想辦法弄到手，至於確切要怎麼做，就要麻煩你配合一下了。」

說完青芳撥亂頭髮，扯破禮服後用手壓住酥胸。

安管擋在玉哥面前，著急地跟他說了許多事情，從店裡最近的狀況，到元椿建設的工地，不管玉哥怎麼趕都不走。

好不容易推開安管後，玉哥怒氣沖沖地朝小包廂奔去，開門時衣衫不整的青芳就哭著撲過來，玉哥看她楚楚可憐的模樣頓時心軟。

「那混帳東西在哪？」玉哥抓著青芳的肩膀，心疼地問：「他對妳做了什麼？」

「我剛剛一直說不要，但他力氣太大了，所以我——」

青芳蹲下的瞬間，甩棍也從玉哥眼前襲來，因為他過於專注在女人身上，以至於沒能閃過地被直接甩臉。青芳為了這天，聯合安管在每間包廂裡藏了武器，雖說原本是要給域銘建設的人用，但給警察也行。

皓霆強忍胸痛將玉哥拉到包廂內，抽走掛在對方腰上的槍並取出彈匣後，拉開滑套讓子彈彈出。玉哥回神的瞬間踢向皓霆的小腿，可他不但沒踢成還被對方給踩住。

「我不知道呆頭鵝怎麼輸給你的，但你肯定用了下賤的方法。」

「呆頭鵝？你說那個無名的廢物條子嗎？」

皓霆用甩棍猛擊對方的太陽穴，清脆的聲音頓時響徹整間包廂，玉哥頭昏腦脹地伸手要抓皓霆的衣領，但手無法施力，只能乖乖被皓霆拖到牆邊。

「關押其他孩童的地方在哪？呆頭鵝的屍體又在哪？」玉哥因為下巴被掐住，外加太陽穴的傷而說不出話來。

包廂外來了兩個人，他們見青芳瑟縮在沙發旁，又看見老大被條子壓制便衝上前去。皓霆持棍朝身後揮去，雖然攻擊被擋住，但他也飛快地扣住對方的手臂，往兩人臉上分別打了一棍，速度快到他們根本來不及反應。

皓霆把兩人放倒後，胸口卻因為這系列動作，頓時痛得難以忍受，玉哥見狀拔出褲管裡暗藏的折疊刀，衝上前刺向皓霆的背，但還沒刺中就被咬牙硬撐的皓霆抓住了手腕跟腰帶，一個側身被重重地摔到桌子上，玉哥的意識就隨玻璃製的桌墊一起粉碎了。

整座酒店霎那間人仰馬翻，反對元椿的人趁玉哥被皓霆控制時，開始對整間店又砸又翻，小姐們帶著客人逃到店外，唯獨曉楓在慌亂之中來到小包廂找青芳。

「姐姐，域銘建設的人很快就會過來了，我們快點離開這裡吧！」

「等我一下。」青芳對皓霆說：「這條走廊的最後面右轉有個小房間，那裡隔音很好，可以用來審問，這樣我們就互不相欠了。」

青芳說完便隨著曉楓離去，皓霆拖著昏迷的玉哥，一路來到了末端的小房間內。

待玉哥醒來時發現自己被綁在椅子上，皓霆把水倒在他頭上，見他還沒完全清醒便拿刀往他腿上刺，玉哥這才醒了過來。

「我沒有很多時間，快說男女童跟呆頭鵝的屍體在哪？」

「我的人去哪了？青芳呢？」皓霆將麻布袋套到玉哥頭上後，朝他的臉灌水，讓他因為口鼻進水無法呼吸。

「看樣子還不夠清醒，你沒有回答我的問題。」皓霆掀開布袋後，抓住玉哥的衣領問：「回答我的問題，混帳東西！」

「只要你放過我，我就把所有事情告訴你。」玉哥邊咳邊求情：「你想知道什麼我都說。」

「行，但要取決於你怎麼說，告訴我，呆頭鵝的屍體在哪？男女童的位置又在哪？」

「他的屍體還在山谷下，因為之前小弟們都不在，所以我沒有去處理。」

「山谷的哪裡？」

「我不知道。」皓霆用銀製餐刀刺向玉哥股間，頓時整個房間都是玉哥的慘叫，沒多久他就痛得嚎啕大哭，聲音也在顫抖，「我真的只有看到他掉下去而已……」

「那麼男女童在哪？」

「他們在回收廠裡，就是翩木幼兒園旁邊那間，那間回收廠有個地下室，要進去的方法也很簡單，只要搭電梯就可以了。」

「如果有人守在電梯前呢？別說你們只有一條出入口。」

「對不起，但真的只有那條路可以進去，我跟你發誓！我也都是從那條路進出的，絕對沒有說謊，我唯一能說的就只有監視器很多，你們要先想辦法解決掉，不然會被警衛發現。」玉哥說完，注意到皓霆準備離開房間，嚇得哭喊：「你剛剛說要放過我的。」

「我還有問題。」皓霆問道：「琪琪是你殺的嗎？」

「不是我！是琮輝，他也是幫元椿幹髒活的人，他——」

「那位琮輝人在哪？」

「他應該在元椿總部，他很常在那邊陪董事長聊天。」

「最後一個問題，琪琪身上的刀傷，是你留下的嗎？如實回答。」

「是……但是我——」

沒等玉哥說完，皓霆便打開了房門，外頭聚集許多人，然而那些人並不是來救玉哥的，眾人越過皓霆進到房內，離開後他還不忘把門關上。

他不禁想著：青芳果然沒有騙人，那房間隔音真的不賴。

（三）

（六月十二日，清晨四點三十分）

「雖然我當時讓玉霖來幫助你的原因，就是因為他夠瘋，能彌補你有時太心軟的缺點，可是最近我也在思考自己是不是錯了，玉霖這人雖然很敢做，但卻粗心大意，包含這次棄屍失敗也是，每次都需要你出面解決，案件處理的怎麼樣了？」

「局長遇到了不少阻礙，但慢慢在掌握場面了，非常抱歉。」

琮輝還有很多事不敢說，其中包含俊義逃跑，以及兩名小弟落入警方手中的事情，雖然小弟們目前還什麼都沒講，但局長無法找機會解決，時間拉長後講也只是遲早的事情。董事長坐在辦公室內，眼神像在訴說著什麼，但琮輝這麼多年來從沒理解過。

「我很好奇，殺掉那女孩的人，真的是玉霖嗎？」

「董事長所言何意？」

「我了解玉霖，他是那種到手的玩具決不放手，會凌虐並且吃乾抹盡的類型，但你不同，你總是對孩子心慈手軟，就像十二年前那樣，我並不是要責備你，但至少告訴我玉霖到底做了什麼。」

琮輝陪著董事長等日出，十二年前這裡的夜晚是如此漆黑，他們就這樣一路見證城鎮興盛，燈火逐漸照亮每個角落，市聲鼎沸的街道取代了馬鄰地的威脅，也掩蓋了孩子們的哭喊。

有時候琮輝在海岸邊散心時，會突然覺得自己可能錯了，就算翩木鎮的景色不曾改變，他仍可以當個普通人。可每當他這麼想時，就會跑來跟董事長一起欣賞夜景，然後再一次告訴自己打生樁是必要的，世上所有成果都需要代價，革命必須踩在屍體上搖旗吶喊，建築又何嘗不是對土地的革命？

打生樁的意義就是用兩條生命，去守護更多的人，他們能逛街、能下班後小酌、能放學後打鬧歡笑、能在家中睡得安穩，全都要感謝那些孩童獻出了生命。

但他也還記得，當年被趕出好友告別式會場後，來到面前的嬌小身影。

「不過是些瑣碎的事情罷了，您也知道他就是那種死人個性。」琮輝說道。

「當英雄卸下頭銜，其實本質上都是群瘋子，有時必須拋開底線才能獲得更好的結果，那也是為了達到平衡必須付出的代價。」

必須拋開底線嗎？他們原本不打算殺了琪琪，偏偏有個人連夜帶著她想要逃出去，而敏銳的琮輝也注意到了。

他把這件事告訴了玉霖，導致逃脫當晚那兩人被抓個正著，小弟被關押在回收廠下面，現在應該死了才對，至於那群傢伙打算怎麼處理屍體，他並不想管，只要別讓高官們看見就好，至於琪琪……那可憐的孩子。

琮輝想著，也許琪琪可以靠自己逃出去，畢竟當初琮輝在檢查她的背包時，就曾發現裡面有隻手錶，琪琪用手示意他保密，眼神透露著諸多不捨，不用想也知道這手錶對她來說意義重大，身為審查的最終防線，琮輝理應要沒收才對。

但他沒有拿走。

昨晚琮輝在回憶這件事情時，陷入了自我懷疑，他之所以不拿走那隻手錶，真的是因為他希望琪琪能帶著寶物離去？還是單純因為琪琪跟死去好友的女兒長得很像？

那年他們都聽說海邊危險，卻也覺得那只是愚蠢的傳說，只要注意安全就不會有事，因此兩人相約去海邊釣魚，後來的事情大家都知道了，他被好友家屬遷怒，告別式當天沒有人願意接納他出現，因此被趕出了會場。

他獨自跪在外面，希望能得到原諒，然而每個路過的人都只是冷冷地瞪著，沒有人上前來勸說，直到有個女孩來到他的面前，是好友剛上小學的女兒。

「為什麼要跪在這？」女孩問道。

「妳不生氣嗎？」

「要氣什麼？」

「妳知道是我害妳爸爸死掉的嗎？」

「爸爸他不是被淹死的嗎？」

「那是因為我找他去危險的海邊。」

「但爸爸是自己要跟你去的不是嗎？所以我不覺得爸爸他會怪你。」

琮輝掩面痛哭，嘴裡不斷道歉，女孩就這麼陪他蹲在門前，直到被氣急敗壞的家人叫進去為止。

「你還是沒回答我，玉霖到底做了什麼？」董事長的話讓他回神。

「他……在女孩臉上刻字。」

前天夜裡，琮輝打算去巡視孩子的狀況，卻在屋外清楚聽見淒厲的慘叫，循聲前往才發現玉霖正手持美工刀，在琪琪左眼球上面刻字，女孩被他壓在身下，四肢跟身體都被小弟抓著無法動彈，血染紅了她整張臉，直到完工後玉霖輕吹一口氣。

「劃的不錯齁。」他拿著染紅的美工刀，用充滿酒氣的嘴向小弟們炫耀自己的傑作，其他人點頭附和，實則沒半個人敢看，他用刀劃過琪琪的手臂，路徑頓時滲出鮮血，「壓好喔，我要繼續在她身上刻字。」

越瘋狂越好，董事長是這麼教導琮輝的，但他這次澈底陷入了恐懼之中，他害怕自己會逐漸成為那樣的瘋子，害怕當初在門前陪伴他的嬌小身影會從此消失在心底。

以往他認為只要將事情掃到床底下就能當作沒發生過，打生樁亦是如此，只要他夜晚還能睡著，就算那群孩子從土裡爬出來抓住他的腳，也不過是場惡夢罷了。

但此刻他感覺自己內心已經崩塌，回過神時玉霖被他緊緊掐住，一把甩到了牆上，小弟們都嚇壞了，唯獨玉霖因為喝得太醉，這一甩直接讓他直接昏睡過去。

琮輝叫所有人回家後，獨自看著渾身刀傷、眼球被搗爛的琪琪，奄奄一息地抱著自己，喃喃自語地說著老師，此時的她因為毒癮發作，就算痛到神智不清，卻仍舊沒有昏迷。

「拜託你……」琮輝聽見琪琪如此說道，頓時瞪大了雙眼，「拜託你……救我……」

十二年前他曾動手要殺死俊義，但就在他準備把男孩推下海岸時，卻因為心軟而收手，也因此給了對方機會搶走他腰上的刀。俊義沒有捅得很深，但有時從惡夢驚醒時，他會希望當年那把刀可以再深五公分，這樣就不會夢到那對雙胞胎兄妹，夢到這些年綁架的孩子們，夢到自己的朋友，以及那些企圖爬上岸的水鬼們。

他來到工具間拿出鎚子時不禁想著，多少孩童的哭喊被扼殺在了這個工具之下？果然大家都瘋了，揮舞著鎚子的他也不例外，看著琪琪的臉逐漸崩壞，呼吸變得薄弱，他哭了，但最令他感到崩潰的是琪琪嘴角竟掛著微笑，他不想看到，所以把整張臉給破壞掉。

這是他人生第一次親手殺死小孩子，完事後他崩潰地抓著頭嘶吼，在夜晚的山林裡像頭受傷的野獸。

隔天酒醒的玉霖發現玩具沒了，氣得對所有人怒吼，但小弟們被琮輝用眼神掃過後，根本沒人敢說實話。

「你自己管理失職就少在那邊廢話，趕快把屍體處理掉比較實在。」

琮輝的說詞惹得對方不滿，但也不能說什麼，只好叫小弟們把屍體從山邊扔進海裡。

董事長響亮的鼾聲讓琮輝回神，走上前才發現對方已經睡著了，以往也有過類似的狀況，因此他緩緩地轉身準備離開辦公室。

「翩木鎮就像是我養大的孩子。」琮輝嚇得立刻回到原位，這算什麼？回魂嗎？「你跟我默默守護著每條街道，跟我一起看著翩木鎮長大，內心可有曾動搖過？」

「沒有。」

「此話當真？」董事長的剁剁逼人讓他頓時心驚，這些年元椿被打擊得很慘，政商的主導地位備受考驗，董事長自然變得疑神疑鬼，也許真的有內鬼在公司也說不定。

「這是真的，董事長，我跟著元椿這麼多年，有什麼理由背叛跳巢？」

「就算域銘建設向你保證了地位與安全，也不會動搖？」

「不會。」

可以的話，他真希望自己能卸下這個職責，大人跟孩童不同，把子彈塞進成年人的腦袋，跟把刀刺進無辜孩童的腹部，那是截然不同的感覺。

所以當他拿槍指著當年放跑的男孩時，他以為這次辦得到，內心卻又忍不住期望有人可以來阻止槍響，而確實有人來打斷了，他厭惡自己竟然鬆了口氣，又為自己的矛盾感到厭煩。

盧俊義，真希望還有其他女童人選，真希望高層不知道你妹妹有靈異體質，這樣你就不會回來了。

當初好璇嚇壞隔壁人家女兒後，琮輝很快就得知這件事，然而他始終沒在女童名單裡加上好璇，因為他知道俊義就算掀了整個翩木鎮也會來救自己的妹妹，就這樣過了許久，直到今年，他以為可以繼續壓下去，畢竟再過一年好璇就國中了，超出打生樁祭品的合適年齡，可誰知道琪琪並不是真的靈異體質。

元樁急需女童人選，否則錯過良辰吉時，下一個好日子至少得要延期兩次，這根本不可能做到，如果延期兩次，那標案很可能就會流入域銘建設的手裡，到時候元樁真的會澈底失去容身之地。

儘管如此，他還是沒有把好璇加入女童人選，直到公關在會議上提起了盧家女兒的事情，並認為對方是最佳選擇，同時眾人開始質疑他是不是有意隱瞞，逼得他只好行動。

「所以，你也絕對沒有基於某些私心，在暗中做些什麼囉？」

「董事長所言何意？」

「手銬、車禍、派人公然襲擊警察、放跑闖入翩變宮的男學生、還有人口買賣的擔保人，琮輝，這些都不是你會做的事情吧？」董事長的話讓琮輝陷入沉默，果然這老狐狸什麼都知道，兩人透過落地窗的倒影瞪著彼此，已經到夏季日出時刻，外頭的霧氣卻仍舊是一片黑，「我應該說過很多次，如果你辦不到了，我隨時可以找人接替——」

「董事長！」祕書著急地推開門說：「酒店被襲擊了，雖然場面控制住，逃走的員工也都抓回來了，但我們發現玉霖時，他已經——」

董事長氣得捂住胸口，面色痛苦地翻找藥物，祕書趕緊上前協助，琮輝則專注望著窗外，遲遲等不到日出的他，眼瞳好似倒映著曾經的翩木鎮。

「琮輝……」含著舌下錠的董事長，顫抖地抓著他說：「你我早已無法回頭了……不要讓我失望……」

琮輝走出辦公室後，從外套口袋裡拿出一排止痛藥，壓出兩顆扔嘴裡咀嚼，卻絲毫無法舒緩腹部舊傷的疼痛。他倚靠在牆邊，對自己所做的一切感到後悔，綁架、殺人、效忠元椿、出賣元椿，像他這樣的人注定無法回到表面世界，但一下子也好，拜託，誰來阻止這一切，誰來打破這一切。誰來注意到他在這裡。

（四）

（六月十二日，早上七點）

俊義跟文瀞抵達回收廠外時，便看見滿臉倦容的皓霆坐在小巷裡吃早餐，一旁還放著幾顆為他們準備的飯糰。

「別吃太飽，等等胃痛我沒辦法照顧你們。」

「隊長，你不會整晚沒睡吧？」俊義擔憂地問道。

「我剛剛有小睡一下，所以沒事的，熬夜在我們這行是日常。」

皓霆將飯糰遞給兩人，接著圍成一圈交換情報，皓霆聽聞眼睛的事情後也不知道該說什麼，只能趕緊把話題轉成討論對策，他表示回收廠早上九點開始運作，但這裡有警衛二十四小時監視，且領班在不久前就抵達了，所以闖入前必須要先解決掉監視器跟領班才行。

俊義祈禱妹妹還在地下室，只要能把人救出去，元椿就會因為自己的處境而解體，但皓霆認為元椿解體也無法解決人柱弊案，要了斷問題就必須把這荒唐的儀式公諸於世，因此他找來了幫手。

話音剛落便有人騎著機車到來，頂著黑眼圈的資訊室同仁打開側背包，拿出裡面的隨身碟交給了皓霆。

「這給你存資料，如果電腦有密碼，破解程式我也灌好了，只要重新開機進ＢＩＯＳ，然後跟著隨身碟的指令走，完成後電腦會重啟，密碼就能消除了，沒消掉就再做一次，我待在外面把風，順便對他們的監視器搞事。」

「局裡還好嗎？」皓霆問。

「人仰馬翻，我們搞定那隻手銬了，但局長整晚都在對各部門施壓，你那個拿手銬來增加我們工作量的部下……我不知道叫啥，局長原本想跑來資訊室找他，但好像是被副局長攔截了吧？我也不知道副局長哪來的膽量，隊長你知道嗎？」

「嗯……總之先幹正事，你們都吃完了嗎？」

俊義跟文瀞點頭，皓霆便給俊義一隻甩棍，接著從資訊室的伙伴那接過電擊槍給文瀞，並再三叮囑她這東西很危險，瞄準再射，擊中目標扳機不放就能持續電擊壓制。

交代完後資訊室伙伴也連上了回收廠的網路，並將地下室Wi-Fi的密碼給他們。由於大霧覆蓋了整座城鎮，所以他們完全不需要擔心戶外的監視器，便可直接抵達外圍牆，這裡的圍牆不高，頂部也沒有加設鐵絲網，連文瀞都能直接翻進去。

他們翻過圍牆後，注意到警衛正慌張地在敲打鍵盤，因為整個監視器畫面不只卡住，還跳出許多無意義的視窗，關也關不掉，沒多久電腦就自己關機，完全打不開。

三人抓準機會抵達辦公室窗外，等到領班被慌張的警衛叫走後闖入，電梯就位於角落一處顯眼的位置，俊義對此有些疑惑，畢竟廟裡的地下室都有做機關隱藏了，這座電梯就像在對他們招手似的，難道這群老狐狸覺得這裡不會被發現嗎？文瀞跟皓霆也對此有些不安。

「提高警覺，隨時注意周遭變化，知道了嗎？」皓霆安裝完消音器後，在電梯裡交代兩人：「該動手時不要猶豫，狠狠地往他們臉上敲下去，知道了嗎？」

「知道了。」俊義緊握甩棍，隨時做好敲昏所有人的準備。

開門的瞬間，空氣飄來矛盾的刺鼻氣味，有點像在山路的公共廁所裡點上薰衣草精油那樣令人反胃，整個地下室燈火通明卻沒有任何人，讓他們內心更加不自在，雖然直接開幹比較累，但至少內心會踏實很多。

地下室的格局很簡樸，大廳兩側各有小茶几跟沙發，中央則是一條通往四個房間的走廊，每間房門前都有盆植物，雜亂地種了許多東西。

皓霆舉槍來到第一扇門前，朝兩人點頭示意後開門檢查，房裡很暗，空氣還瀰漫著一股刺鼻的霉味。文瀞打開電燈，左側整排的書櫃映入眼簾，木製的書櫃顯然有段時間沒人清理，玻璃上附著一層灰塵，大致看過去裡面放得都是些市面上的商業書，唯一跟元椿有關的是他們董事長的自傳書，還特別留了個大位置擺放。

確認書房沒人後，他們用相同的方式檢查了下一間，這間房像個山洞，地面既沒有鋪設磁磚，也沒有砌水泥牆。房間深處有張供桌，蠟燭照亮了中央的石碑，玉童兩字如同夜裡的繁星，隨火光閃爍著零星亮點，皓霆已經看膩了這些石碑，無論找到再多，沒有骸骨就是無法讓元椿定罪，這點在海岸線挖小廟時，就已經知道骨骸被收拾掉了。

但文滸卻走進房內，仔細觀察著那塊石碑，俊義也疑惑地跟了進去。

「俊義，那間半山腰的屋子也有相同的石碑嗎？」文滸小聲地問道。

「當然，畢竟他們要在那邊蓋房子嘛。」俊義在她耳邊回應。

「我一直都很疑惑，明明立碑用木頭也行，成本也不輸石碑，為什麼他們偏偏要用更笨重、也更麻煩的石頭呢？而且不止是翩木鎮，大湖公園的老公祠，跟高雄鼓山內惟埤的小廟都一樣喔。」

「畢竟是他們的信仰，所以選擇更隆『重』的方式立碑吧？」

「照你這說法來看，人類的宮廟可能都不夠虔誠，木桌應該也要換石桌才對喔。」

俊義聳肩，跟著文滸一起觸碰石碑，赫然發現這塊石碑與山中小屋的不同，這塊相當乾淨且不留粉，觸感也光滑許多，這讓他很好奇海邊小廟的石碑摸起來如何，可惜被隔開了根本摸不到。

俊義把這件事說出來後，文滸若有所思地望著眼前的石碑，如果字體都是雕刻並打磨好才塗上金色顏料的話，為什麼林中小屋的會有這麼多粉末剝落？俊義接著說那些粉末不是顏料結塊後的那種，而是有點類似於藥粉那樣。

「隊長，你曾經挖開過海邊的那座小廟嗎？」文瀞小聲地問在門口把風的皓霆。

「有挖過，但沒有發現任何東西，我懷疑那裡並不是主柱的位置，但也解釋不了為什麼小廟下面有超長的木樁。」皓霆回應。

「那根木樁下面應該有過骸骨，至於另一具骸骨按理來說的確會在不同位置喔。」

「妳的意思是？可能還有一具骸骨元椿沒處理，只是我們不知道在哪？」

「沒錯喔，而且可能不止一具沒處理，也可能是兩具。」

「兩具？妳是指當年失蹤的——」

「那消失的骸骨去了哪裡？文瀞妳是不是有什麼發現了？」俊義趕緊打斷，以免陷入尷尬的氣氛之中。

「只是猜測喔，如果骨骸根本沒離開過祭壇呢？建商會不會為了避免被發現，但又礙於不能讓祭品離開良位，所以把骨骸磨進了石碑呢？」聽到她這麼說，俊義不禁背脊發涼。

「妳這猜測很大膽……但我們該怎麼肯定石碑裡真的有骨灰？」

「隊長，您身邊有認識的鑑識人員可以立刻趕去小廟跟小屋採樣嗎？」

「這需要聯繫才行，等我一下。」

皓霆連上地下室的網路後，傳了訊息給正在刑大隊避風頭的警務員，讓他趕緊去鑑識組找人去採樣，但對方卻回說很難兩邊都去，鑑識組今天忙翻了，最多找兩人抽空去海邊。

整個地下室仍舊一片死寂，沒有半點動靜真的讓皓霆很不安，如果這裡關了男女童，怎麼可能會沒人駐守？況且他大鬧酒店的事情早已被元椿知道，難道他們堅信這裡不會被找到？

下一間房是辦公室，這裡有一臺電腦以及置物櫃，文瀞想打開置物櫃，卻發現櫃子是T字型的鎖孔，沒法用常規方法打開。

「又不是要修電梯，搞這麼複雜幹嘛？」俊義抱怨，文瀞則是默默地將髮夾收起來。

「我們先清查完最後一間，等會再來處理這裡的東西。」

最後一間房佈局不同，進門後必須右轉才能進到房裡，害不知情的皓霆開門時撞牆。裡頭同樣昏暗，甚至連電燈都沒有，原先瀰漫的那股難聞氣味在這裡更加濃郁了。

皓霆拿出手電筒照明，灰塵在光線中逃竄，嘗試掩蓋那兩排的鐵門，鐵門上還有類似牢房的窺視孔與送餐門。

「文瀞，可能要麻煩妳先去挖辦公室的電腦資料，我跟俊義來調查這裡，記住，任何聲音都要提高警覺，尤其是電梯的聲音。」

皓霆把隨身碟交給對方後，便帶著俊義一起檢查每間牢房。他遞給俊義備用手電筒，兩人各看一邊。皓霆這間什麼都沒有，俊義這間則有個明顯死了很久的男人，手腕被銬在水管上，皓霆趕緊把這一幕拍下來，這都是可以指控元椿的東西。

他們查看第二間，俊義這裡什麼都沒有，皓霆也是，但就在他準備查看下一間時，眼角餘光看見黑暗裡有道嬌小的身影指著隔壁，驚得他立刻回頭，裡面卻又空無一物。

人家常說老兵八字輕，警察也不例外。

「俊義，你覺得世界上有鬼嗎？」皓霆問道。

「當然，現在我什麼都信，怎麼突然問這個？你不也相信嗎？」

「煩死，我真希望你說沒有……」

「什麼啦，搞不懂你誒！」

下一間兩人都沒看到任何東西，但皓霆聽到最後一間傳來微弱的鼾聲，便戒備地舉槍來到門前，側身先用手電筒照房間，以免有人放冷槍，眼看照了許久都沒人開槍才探頭。裡面有兩名孩童被麻繩綁在一起，倚靠在牆邊昏睡，其中身著海樹小學制服的女童，眼睛被布給纏繞了好幾圈。

「俊義，那是不是你妹妹？」

「好璇？」俊義聽了趕緊上前查看，發現好璇的瞬間激動地想把鐵門拆掉，「妹！」

好璇有反應地扭動了一下，卻始終沒醒來，他看著妹妹眼睛上的布，心疼地捂著胸口。皓霆要他冷靜，便開始在房裡尋找能用來撬開鐵門的東西。

另一邊文滸破解電腦密碼後進到桌面，赫然發現裡頭全是空的，便驚覺不妙地離開辦公室，僅一瞬間她的手腕跟腹部被緊緊扣住，下秒就被摔到地上，琮輝抱拳打向她的下顎，速度快到她來不及反應便被對方抓住，琮輝蹲低身子，拔槍抵著她的太陽穴，與聞聲而來的皓霆對峙。

「把槍放下。」琮輝瞪著皓霆，眼看對方不動作便朝文滸左大腿開槍，疼痛使她放聲尖叫，琮輝嫌吵便摀住她的嘴，「快點。」

「混帳。」皓霆把槍放在地上後踢到對方腳邊，琮輝也順勢把槍踢進辦公室。

俊義出來看到文滸腿上的傷，氣得幾乎要失去理智，但仍舊在琮輝的威脅下，跟皓霆一起抱頭跪地，他不懂琮輝之前都躲在哪裡，如果沒躲又是怎麼無聲下來的？

電梯那傳來聲響，有五人走了出來，其中一名長相特別俊美，跟其他人的畫風格格不入，俊義立刻就認出了對方，因為那人曾經出現在自己的回憶裡，皓霆則在思索許久後，終於想起自己曾在新聞看過對方，那人是元椿建設的公關，因為長相帥氣、氣質高尚引起不少女警討論，聽說還有娛樂公司想找他去當演員，但被拒絕了。

「儀式晚上就要開始了，去把男女童抬出來。」

其中兩名小弟上前將皓霆跟俊義壓制在地，另外兩人則從牢房裡抬出了男女童，公關注意到妤璇眼睛上的布，有些疑惑地看向琮輝。

「王法師請放心，那只是應急手段。」

這人是法師？皓霆簡直不敢相信，這什麼詭異至極的反差？而俊義則是看著法師緩緩地解開布條，心也隨之越跳越沉，但在解開的瞬間，俊義驚訝地發現妹妹的眼睛沒事，甚至連一點刀痕都沒有，法師掀開妤璇的眼皮確認瞳孔收縮正常後，才滿意地點頭。

「我們有人聽到她在對空氣說話，便懷疑她是不是看到什麼，才會把她眼睛遮起來，雖然玉霖原本真的想挖，好在我及時趕到了。」

當時琮輝並沒有留下來搞定翩孿宮的警察，而是請董事長親自抵達現場處理，他也立刻驅車趕到了山林來，準備要親自轉移男女童的位置，沒想到一進屋就看見小弟們在處理雙眼被挖掉的男人屍體，便驚覺不妙地奔上樓，果不起然發現玉霖想挖妤璇的眼睛，氣得衝上前抓住對方的手。

「你在做什麼？」琮輝冷冷地問道。

「只是懲罰一下，不會死的，之前也有——」

琮輝握拳打向對方臉頰，玉霖因此氣得想跟他幹架，但在看到他脫下西裝外套、氣勢洶洶的模樣時立刻就孬了，不斷地鞠躬道歉，並澄清自己只是想嚇女童。

「你們跟我把男女童帶走，至於你。」琮輝指著玉霖說：「有一個警察跟男學生往這裡靠近了，把警察處理掉，至於男學生嚇一嚇就好，聽到了沒？」

「嚇他？這裡又不是補習班，你打算怎麼做？」玉霖話還沒說完，就被琮輝揪住衣領，讓他驚得立刻改口：「我會想辦法的。」

聽到玉霖這麼說，琮輝這才鬆手，離開前，他看見了地上的手銬殘骸，卻沒有選擇清理，畢竟裡面也沒什麼重要的資訊，如果還能因此幫琪琪把那段影片交給老師的話，也算是幫她完成遺願了。

王法師確認沒問題後，便讓人帶男女童上去，雖說外頭大霧瀰漫，但扛著小孩從正門出去還是太過招搖，所以他們進到第一間書房，有個書櫃只要拉開藏在裡面的鎖就能推開，軌道跟滾輪相當潤滑，因此過程非常安靜，裡面有條暗道可以通往兩條街外的下水道，那裡已經有車在等了。

俊義心疼地看著文瀞大腿的傷口，同時也感到疑惑，因為印象中，文瀞應該把電擊槍放在短褲口袋裡面，但琮輝卻沒找到。

「你們暗門還真多。」皓霆嘲諷地說道。

「幹這行總要有後路，你當然不明白，畢竟你們都是生活在表面世界的人，如果不是捲入打生樁根本沒機會看見世界的反面。」

文瀞大腿的傷口還在出血，琮輝注意到她正變得虛弱，身體也異常冰冷，這槍雖然打得很偏，但子彈仍舊貫穿了大腿，如果不救，這女孩會隨時間流逝凋零。

現在他必須做出選擇，繼續效忠？還是背叛？選擇繼續苟活是最簡單的方法，問題是他下得了手嗎？面對張皓霆，他可以毫不猶豫地開槍，但面對俊義，他到底該怎麼做才對？

現在的他已經沒有退路了，就算是將來要引退，他也必須在此跟自己的心魔做個了結，否則永遠都無法前進。

因此他舉起手槍，三點一線對準俊義的眉心，在他眼中，昔日那個男孩又再次浮現在眼前，所以他閉上眼睛，準備一鼓作氣地扣動扳機。

「文怡……」

琮輝倏地睜眼，震驚地看著懷中的女孩，文怡，那個十二年前被活埋的女童，也是一切錯誤的開端，無辜的她應該可以跟著俊義一起離開的，但琮輝沒能阻止元椿的魯莽，而是親眼看著那女孩被推進土坑裡，那景象也被永久烙印在他的心底。

他戰戰兢兢地鬆手，重新看了眼懷中女孩的長相，恐懼頓時伴隨著愧疚排山倒海而來，懷裡的人不就是當年那個被推入坑中的文怡嗎？但這怎麼可能？文怡已經死了不是嗎？琮輝全身被冷汗給浸濕，地面好似在震盪，嚇得他心驚肉跳。

「老大！小心！」

待琮輝回過神時，文瀞已經從盆栽裡掏出電擊槍，迅速地對準他那僅有單薄襯衫的腹部，在他眼中，文瀞的面容與文怡澈底重疊，就像是文怡從地獄爬出來復仇，他這才意識到原來過往那些並不是惡夢，而是他的命運。

針頭伴隨紙花碎屑噴出，琮輝立刻被電得無法動彈，改造手槍也因此掉落。

（五）

（六月十二日，早上七點五十分）

周老師一早被不明原因叫來警局，可礙於局長在裡面發神經，資訊室只能讓她暫且在室外等候。

「妳好好休息，琪琪的事情不是妳的錯。」等待的期間，主任主動打電話來關心道：「千萬別往心裡去。」

「主任，你說得我都明白，但她也許永遠不會從我心裡消失。」

「沒有什麼檻是過不了的，妳是輔導老師，應該很清楚。」

「正因為我是輔導老師，所以很清楚心傷是註定無法被抹滅的，主任，還記得你曾經跟我說自己討厭童話故事嗎？我也是，因為現實一點都不理想，我無法真正拯救那些受傷的孩子們，只能把他們變成社會期盼的樣子，儘管如此，我仍然盡心盡力地想為琪琪的人生帶來美好篇章，但事實又再次告訴我辦不到，無論我做得再多都只是外人，琪琪被殺害時我甚至不在她身邊，我不敢想當時的她有多害怕，更沒有能力可以保護她……我做不到，對不起，我真的做不到。」

「周老師，妳好好休息，如果有需要隨時打電話給我，大家都會去探望妳的。」

電話掛斷後，周老師倚靠著牆壁流淚，現在的她身陷迷霧，看不見街道，抬頭也無法仰望天空，就像她看不清自己往後該如何面對這份工作，該如何學會去愛每個孩子。

「抱歉，妳講完電話了嗎？」站在一旁的女警問道。

「嗯，妳什麼時候在那的？」

「從妳講電話開始，我得要確保妳不會洩漏案件機密，然後今早會叫妳來是因為有東西想給妳看，跟我來。」

周老師跟著對方來到資訊室，他們已經取出手錶裡的資料了，雖然什麼有用的都沒發現，不過手錶本身是有鏡頭的，所以他們在裡面發現了一段影片，是琪琪被帶走後錄的，明顯是想給周老師看。

「準備好了嗎？」女警詢問，但周老師沒有回應，「直接播放。」

螢幕裡的琪琪起先好像在思考要說什麼，接著對鏡頭靦腆一笑。

「老師，我準備要跟新的家人離開了，他們說要帶我去臺北，之前就一直想去搭捷運，現在終於可以每天搭了。」

琪琪小聲地說道，周老師聽了淡淡一笑，她是在臺北長大的，所以始終不懂捷運有什麼好玩，但這裡的孩童似乎都很嚮往，還經常會在作文跟日記裡面提到，琪琪也不例外。

「但可以的話還是想跟妳在一起。」

周老師頓時覺得畫面變得模糊，便用手抹去淚水，員警為此想暫停影片，但她搖頭表示可以繼續。

「老師，臺北很遠嗎？不遠的話我會來找妳的，要等我喔。」

琪琪的笑容天真無邪，絲毫不清楚自己處在什麼環境，揮完手後她便立刻關閉錄影。

女警以為周老師會情緒崩潰，便拿了整包衛生紙遞過去，結果對方不但沒拿，反而還要求他們重播最後的片段。

員警照做後，周老師希望能把聲音放大，因為最後一段似乎有什麼聲音混進來了，後來連女警都聽到了，琪琪問臺北距離的同時，背景好像有男人的說話聲，但聲音不太明顯。

技術人員便開始著手處理，試著讓他的聲音變得更乾淨，經過一番努力後，他們終於聽到了背景的話。

「都這麼久了，我才知道海邊有沒處理掉的。」

（六）

（六月十二日，早上九點）

琮輝全身緊繃地倒下後，俊義發現身上的人看傻了，便迅速抽出手，從小弟腰間搶回甩棍後往對方鼠蹊部敲下去，對方頓時痛得倒地不起。掙脫後俊義持棍朝皓霆身上的人揮去，精準地打中那人的顴骨，讓皓霆得以掙脫。

俊義脫下上衣，慌張地朝文瀞奔去，奮力壓住她大腿上的傷口，但血卻越流越多。

「衣服給我。」壓制完小弟的皓霆走上前，把俊義的上衣割成兩半，一半綁在傷口上方的肌肉，另一半則緊緊壓住傷口，「好了，你快點去上面找人來幫忙。」

皓霆這才注意到琮輝站起身，踉蹌地持刀往俊義的背揮去，他正要出聲提醒，俊義就先轉身抓住了對方，皓霆對此相當震驚，但並不是因為俊義順利反擊，而是琮輝在揮刀時沒有選擇直接刺，而是沒來由地停止了動作。

雖然不確定是肌肉痙攣還是猶豫，但這確實給了俊義機會。

俊義往琮輝臉上揮拳，他頓時撞上走廊邊的盆栽，俊義接著抓住他的頭，憤恨地踢向他的鼻樑，讓清脆的斷裂聲響徹了整座地下室。

這一刻，琮輝才看清俊義的面孔，人不管長多大都會有些許孩童特徵被保留，而這男孩哭的模樣跟當年簡直一模一樣，不同的是俊義脫離了孩童階段，不會再因為拿刀捅人而嚇得收手了。

琮輝又被打中了眼窩，眼前頓時一片漆黑，他伸手想反擊，但電擊的餘韻使他難以使力，等手終於聽話時，刀也被俊義給搶走，直直往他腹部的傷疤處刺了下去，嚇得皓霆趕緊上前把俊義架開。

許多事情總會陷入輪迴，這點在琮輝幹髒活的這些年已經有所體悟，所以他做事盡可能斬草除根，以防留下後患。

但這孩子活了下來，許多事情冥冥之中早有註定，就算能回到抉擇的那一天，他恐怕還是無法對俊義痛下殺手。

「放開我！」俊義吼道，但皓霆仍將他給拉開。

琮輝狼狽地握著刀柄，聽著俊義跟皓霆的糾纏聲，看見了死去的好友來接他，這麼說以前也有過類似的體驗，人在瀕死時似乎可以看到鬼，那個始終放不下的人會來迎接自己，正如當年他在海岸邊被刺中腹部時，也是看見了好友來找自己。

琮輝深吸一口氣並把刀刺得更深，橫向劃開自己的肚皮，黝黑的血液跟臟器因此噴湧而出，讓俊義跟皓霆相當震驚。

當年他被董事長救了回來，不過這次不會再有人來救他，所以他可以安心地闔上雙眼，讓世間喧囂逐漸遠去。

看著琮輝自殺，俊義跪坐在地陷入了沉思，此時電梯傳來動靜，皓霆驚得從辦公室裡撿起槍，所幸來的是手持醫療箱的資訊室伙伴，旁邊還倒著兩名前來支援的黑道小弟。

「抱歉來晚，話說你們也未免太慘了吧？」

「別屁話，快來救人！」皓霆指著文瀞說道。

「我早就猜到會這樣，剛剛已經叫救護車了，等等幫我把人抬上去。」

資訊室伙伴相當熟練，傷口很快就獲得了良好的處理，當三人合力把文瀞抬上去時，好幾輛救護車已經在回收廠外待命，除了接文瀞的以外，還有來接保全跟廠長的車。

上擔架後俊義緊握文瀞的手，忍不住為自己的無能掉眼淚，皓霆則趕緊跟警務員聯繫，希望他可以去跟副局長申請搜索票，目前男女童的位置確定在工地裡了。

「隊長，現在警局已經被局長給壓制了，況且你一申請局長就會知道，元椿也會有對策的。」

「那我會直接進去，你就——」

「隊長，直接闖進去要面對多少人你知道嗎？局長不可能調派支援，你們這群傷兵闖進去，如果他們真的在準備打生樁了，估計要面對超多人。對了，剛剛刑大隊的人說你電話打不通，所以把詳細都跟我說了，他們說自己沒辦法去半山腰採樣，但海邊的已經帶回樣本，結果也出爐了，那個金字的部分有很多叫啥酸鈣的。」

「碳酸鈣？還是磷酸鈣？」

「嘿對，就是磷酸鈣，他們說這是骨骼常見成分，但那塊石碑是用岩石做得，有大量磷酸鈣明顯不正常，所以隊長，你的猜測應該是對的，那些小孩的骸骨應該是被磨進石碑跟顏料裡了。」

「不能驗DNA嗎？驗一下不就知道了？」

「我剛剛也是這樣說，結果被罵腦殘。」

「是嗎……」

「我還有事情要說，手錶外殼除了角頭跟琪琪的指紋外，只剩下一個身分不明的小指紋。」

「那應該是妤璇的，也就是我們在找的女童，還有其他東西嗎？」

「啊，如果是女童的指紋，那就沒什麼有用的東西了，不過手錶裡有女童拍給她老師的影片，先前資訊室解析出裡面有人在說話，說什麼過很久了，海邊還有東西沒處理掉。」

「屍體嗎？還是誰被殺了？」

「不清楚，然後邱中寬死了，他沒撐過去。」皓霆沉默，警務員也在幾次深呼吸後接著說：「找到那個沒處理掉的東西，對現階段的案件進展很關鍵。」

救護車逐漸遠去，晚點也會有人來清查這裡，但裡面已經沒有指控打生樁的強力證據了，就算知道石碑混了骨骸又如何？他們該怎麼說服大眾相信這件事？皓霆決定打電話給志光徵詢意見。

「這樣很難辦呢，隊長。」志光說：「雖然這些資料都很有趣，但只能把目光導向幫派打鬥，況且你要大眾怎麼相信兩個高中生、外加一個偵查隊隊長，就把整團黑幫弄得人仰馬翻？」

「這個……是沒錯，但總該有辦法利用這些資料吧？」

「可以是可以，雖然我有能耐把新聞搞得很大，但這不足以在大家心中留下陰影，況且文獻都能做假，網紅的公信力不足先不談，就是開討論節目也只會被當床邊故事，重點在於衝擊性，大家想看到更直接的證據，像是挖出屍體還是啥的，但從你們的說法來看，元椿已經全部處理掉了，倘若這時候寫這種報導，他們隨時都可以說沒這回事，也不會有人特地跑去湊熱鬧。」

「那如果我們把工地的畫面直播出去——」

「話題性還是太低，這不足以牽動大眾情緒，況且你們打算直播什麼？打生樁的過程嗎？你們怎麼可能拍得到？」

「既然如此你別只會反駁，倒是建議該怎麼做啊！」

「目前就是沒辦法，雖然我們知道了幼兒園跟育幼院的祕密，但只要元椿還沒垮，他們就有能耐控制輿論，順帶一提，人類都是健忘的，打生樁如果不夠話題性，不用兩天大家就忘了。所以重點在衝擊性，而且必須要針對打生樁這件事，不然新聞炒得再大都只是亂源，元椿還是能不甩我們繼續執行打生樁。總之隊長，我很遺憾，也許今年仍不是時候，但至少你們盡力了，而且也確實對建商造成了傷害。」

皓霆講完電話後跟俊義一起靠在牆邊，煩惱地抽起菸來，所有事情都可以被導向黑道惡行，關鍵的打生樁卻沒有直接證據，那要衝去找青芳商量嗎？但元樁怎麼可能讓自家公司亂太久，內部肯定已經控制下來了吧？

「你們剛剛討論了什麼？」俊義問道。

「目前所有的證據都欠缺爆點，沒有足以引起大眾關注的東西，元樁能繼續執行打生樁，並且全身而退的可能性很高。然後資訊室說琪琪手錶裡有影片，還聽到某人說海邊有東西沒處理掉，你有頭緒會是什麼嗎？」

「誰知道……我又不是——」

海邊？那個沒處理掉的東西已經存在多久了？他們指得會是海堤工程時留下來的玩意兒嗎？雖然元樁是群老狐狸，把能挖開的骸骨清理得一乾二淨，但會有人記得最初失敗的打生樁位置在哪嗎？雖然機率很低，會不會文怡並沒有被他們處理掉？

他想起了前天發現琪琪的長跑選手，回憶起這些年來他跑田徑的點滴，突然有股違和感襲來，在違和感之後的，則是靈光乍現的大膽猜想，如果長跑選手扭傷腳踝並不是意外呢？就像他發現翩攣宮的暗門那樣。

「隊長。」俊義問道：「你有辦法找人來挖海堤嗎？」

「有是有，但我們沒時間把整條海岸挖開，雖然文瀞的推測很有趣，但不知道確切位置大概挖到天亮也找不到。」

「你不需要整條挖開，把我說的地方挖開就好，然後順便把所有喜歡爆料、網路上有影響力的人都找來，越專業的直播團隊越好。」俊義的說法，讓皓霆想起昨晚志光提到的打生樁輿論計畫。

「可以辦到，但你到底要幹嘛？」
「有看過開箱直播嗎？要不要試著賭一把看看？」

（七）

（六月十二日，晚上八點三十分）

工地中央坑洞的周遭搭起了臨時鐵皮屋，王法師靜坐在辦公室內閉目養神，他感覺到有人坐到身旁，但不用睜眼都能知道對方是誰。
「可以先佈壇了，我們十點半準時開始，今年的男女童資質良好，尤其女童特別優秀，善於跟鬼打交道，成靈必能收復馬鄰地。」
「所以這次應該可以維持很多年囉？」
「根據今年的男女童資質，維持百年和平都不是難事。」
王法師睜眼，俊俏的面容超脫世俗，而他眼中的辦公室並不只有董事長一人，還有久居於此的平埔族人，以及死去的工人亡魂，這是凡人無法體會的，也是打生樁之所以看來病態、卻異常重要的原因。
「那我去叫人準備，說真的，打坐可以讓人長生不老嗎？你好歹都四十幾歲了吧？看起來卻還像二十初頭。」董事長好生羨慕。

「打坐確實有助於健康，但面容不顯老的人很多，我不算稀奇。」
「我老了，坐不住囉！」
董事長笑著跟王法師走出辦公室，工地的霧氣略微散去，展露出久違的亮麗星空，王法師卻望著滿天星斗好似在思考著什麼，越想臉色越難看，引起董事長的好奇。
「怎麼了？還有什麼問題嗎？」
「不，沒什麼，只是我想多了。」王法師說道，這句話比起說給董事長聽，更像是在安慰自己。
霧氣再次覆蓋了整座工地，就在王法師看不見的時候，天象逐漸產生了變化。

（六月十二日，晚上九點十分）

經過一整天的準備後，眾人終於完成了最後的舞臺，當俊義跟皓霆來到海邊時，施工團隊早已帶著工具、開著怪手抵達，張志光看見兩人便熱情地上前打招呼，俊義也給予回應，唯獨皓霆仍不習慣記者地做了迴避。
「隊長，你這樣冷淡可不好，這次開箱我可是費勁心思。」志光笑道：「但能重啟打生樁的輿論計畫，讓我非常高興，所以我原諒你。」
「真是感謝你的大恩大德，但很抱歉，一想到你認識某些討人厭的傢伙，我就很不想跟你有交集。」
皓霆細算志光傳來的名單，上頭的網紅雖然不多，但全都是名人，其中有個還是喜歡捕風捉影炒話題的那種。

「別這麼說，雖然他經常起爭議，但其實人還不賴，相信你會喜歡的。」見皓霆滿臉厭惡，志光轉頭問俊義：「你說能證明打生樁對吧？大家為了趕這期節目可費勁了。」

「真的非常感謝你們。」俊義看到一輛麵包車來到海邊，並下來了許多人，「他們是誰？」

「我們新聞部的人，會跟那些網紅同步在粉專開直播，最後粉絲們會來看新聞臺的現場直播，希望你的賭注沒讓我失望。」

「當然，請你們跟我來吧！」

長跑選手發現琪琪屍體的契機，是因為她踩到突起的石磚而扭傷腳踝，雖說這條人行道存在十二年了，路況歪七扭八沒什麼好稀奇的，但對於經常到這慢跑的選手而言，她沒道理會不知道路況很糟，所以按理來說，她就算踩到異常的石磚也能輕易穩住步伐才對，因為這是連俊義這種學生級別的田徑選手，都能辦到的事情。

但凡事都有例外，可能平時那裡並沒有石磚突出，其次可能是突起的石磚很不穩定，選手也許能在踩到異物時拉回重心，但倘若異物不穩，再加上她沒有料到路面會不平，那確實有可能造成扭傷。

可當下根本沒人在意石磚為何突起。

俊義來到觀景臺七百公尺外，讓拍攝團隊協助打燈，石磚雜亂地鋪設在海堤人行道，這裡的寬度可以容納十個石磚，每塊石磚長度都有一個腳掌大。他沿著人行道摸，起先還找不到那塊突起的石磚，但當一道海浪拍打上岸，些許水滴灑在某塊特定的石磚上時，他順利找到了。

要問為什麼這石磚會突起？只可能是下面長了什麼，還記得城鎮起霧前下了場大雨嗎？這世上剛好有個東西會在雨後快速生長。

五年前皓霆挖開小廟時，親眼看見那根木樁相當完整，絲毫沒受到腐蝕的樣子，在海邊這種乾濕交替的環境下，如果不是守護神的玄學，肯定就是元樁在處理骸骨時，特別補強了木樁，但他們會記得補強文怡的木樁嗎？顯然不會。

如果那根木樁已經嚴重腐蝕，再加上長年吸水，有沒有可能因此膨脹了一圈？不只如此，還有一種玩意特別喜歡生長在腐木上，待俊義拿開石磚後，眾人發現下方居然有顆被壓壞的菌菇。

不論何種形式，生命都會找到出路。

「是妳找到了琪琪吧？」他眼眶泛淚地看著那顆菌菇說：「對不起，直到現在才找到妳。」

「俊義，你該走了，這裡交給我們就好。」

皓霆說完，便推著俊義坐上資訊室伙伴的機車，同一時間網上開始了打生樁的討論直播，網紅們將志光這些年累積的初稿做了修改，變成各有特色的內容形式，很快就引起了網民們的注意。

知識型網紅從概念講到世界各地的實際案例，再從這些案例講到翩木鎮，公司裡的女記者將寫好的稿子匿名發到論壇，說自己前陣子到過翩木鎮，海岸邊有間很特別的小廟，卻沒有人知道那是怎麼來的，就連本地居民都不太清楚來歷，只知道海堤建成後就有了。

團隊型娛樂網紅彼此交叉討論，其中一名女主播面有難色地說那間小廟可能跟打生樁有關，想到這點就覺得雞皮疙瘩，自己家底下也許有死人骨頭，真希望有人能來陪她過夜。

專門討論八卦黑幕的網紅，今天突然開直播討論起了翩木鎮的來歷，接著又聊起打生樁的事情，還提到這座城鎮每年只要起霧，都會有小孩子莫名失蹤，最一開始是在城鎮，後來開始向其他縣市延伸，有被報案的是少數，更多的是沒被通報的黑數。

接著他拿出石碑的檢驗報告，用激動地口吻說自己剛剛得到最新消息，大家討論的翩木鎮小廟，石碑裡竟然有骨骸的磷酸鈣成分，讓網民頓時情緒高漲。

本身就住在翩木鎮的ＹＴ團員，也帶人前往翩孿宮要拍攝採訪，還說有個通往地下室的暗門在掃具間，下面有祭拜打生樁守護靈的證據，卻被廟公擋在門外，但越是這樣他們越興奮，開始激動地說肯定有鬼，一定要闖進去才行。

局長帶人來封鎖回收廠，並命人把地下室守住，但聞訊而來的各大新聞媒體不斷拍攝局長的臉，追問警方封鎖這裡的動機，以及許多跟地下室有關的事情。

元椿董事長看著這些直播，氣得站不起身，祕書讓王法師趕緊換衣服，現在公司需要他這名公關，但王法師只是站在原地，若有所思地搔著下巴。

眼看時機已到，大家同時開啟媒體直播，位於海堤的女主播向觀眾解釋目前的狀況，與此同時跟前往山上尋找呆頭鵝屍體的記者同步連線，爬山團隊解釋著警方跟建商的衝突，並說昨天已經有警察英勇犧牲了，他們現在位於北方山區找屍體，但從下午找到現在都還沒有任何收穫就是了。

志光跟皓霆看著工人進行開挖工程，當腐朽的木頭露出表面時，皓霆緊握雙拳，像個孩子一樣內心亢奮，其他人也都屏息等待能挖出奇蹟，隨著時間推進，翩木鎮的居民也紛紛來到這裡見證開箱結果。

「頭家，我們好像挖到什麼了。」

挖了很久以後，位於洞裡的工人大聲喊道，攝影團隊跑得比皓霆還快，居民們也安耐不住情緒，彼此推擠著要上前查看，網紅們也停下了動作等待結果，在娘家看直播的俊義母親也緊張地捏著衣襬。

（八）

（六月十二日，晚上十點二十分）

整棟醫院相當不平靜，文瀞醒來時注意到自己身在急診室，周遭吵雜的交談聲讓她忍不住皺眉，撇開頭想換個安靜的角度，卻在轉頭時看見療養院院長坐在旁邊。

「醒啦？雖然是我鼓勵妳去完成事情的，但可不知道妳會受槍傷。」

「姐姐……？」文瀞這才注意到自己在醫院裡，也想起了先前在地下室發生的事情，便打算扯掉點滴下床，卻被院長一把抓住，「姐姐，我還有事情要做，必須要快點走。」

「文瀞，如果妳只是摔傷我也許會同意，但這是槍傷誒！妳到底在想什麼？妳究竟遇到了什麼嚴重的事情不能跟我們說？我知道妳本來就不在乎別人感受，但可以尊重一下妳爸爸嗎？知道他聽到妳中槍時有多恐慌嗎？如果妳現在不告訴我發生什麼事，以後就不要叫我姐姐了！」

院長緊緊抓著她的手腕，讓文瀞只能作罷，她的沉默讓院長更加惱火，但她只是在思考該從何解釋而已，無奈周遭實在太吵，根本沒法集中精神。

「許文瀞小姐？許文瀞小姐是那一位？」有名護士拿著電話四處奔跑著，院長聽了招手讓對方過來，「有個叫做盧俊義的人找妳，他說有很重要的東西希望妳能看到。」

護士把電話遞給文瀞，讓她有些猶豫要不要接，畢竟現在好璇危在旦夕，她卻什麼忙都幫不上，院長見她猶豫不決，便搶過電話往她臉上塞。

「先聽聽對方要說什麼，不要總是不給別人機會。」院長說完便識相地離開。

「俊義。」文瀞對著電話說道：「對不起。」

「為什麼要道歉？明明中槍的人是妳耶，應該道歉的是我才對。總之妳現在趕快打開YouTube，隨便一個熱門直播都可以，雖然我還是希望妳能親眼看到，但我沒辦法偷渡妳出醫院。」

文瀞聽了連滾帶爬地要下床，護士看了趕緊阻止，問了才知道她想看直播，便拉了一名正在看手機的路人來，手機的主畫面是有人在坑洞裡拼命鏟土，右下的小畫面則是有人在山裡面找東西，跑馬燈上寫著：打生樁的真相現在揭曉。

直播裡的工人說挖到東西了，鏡頭便趕緊上前拍攝，當手持鏟子的工人高舉從土裡挖出來的玩意時，所有的人都發出了驚呼，因為工人手裡的是一顆小頭骨，頓時有許多直播因為違反社群規定而中斷。

專門講黑幕的那名網紅，因為事前得知可能會有死人骨頭，因此即時把新聞轉播給關上，也才得以繼續直播罵人，越罵聊天室的情緒就越高漲。

「我的天啊……好難想像現在居然還有人在做這種事，對吧？」拿著手機的路人說道，但文瀞沒在聽，早在看見頭骨的那一刻，她的臉就被淚水浸濕了。

文瀞偶爾會想，也許十二年前她真的命不該絕，如果換作是文怡活下來，文怡或許就不會再回來翮木鎮了，因為文怡並不是個執著的人，這點身為姐姐的她再清楚不過。

因此當她回到翮木鎮時，心心念念的除了活埋文怡的地點，還有俊義現在的日子過得如何，有沒有像她這樣難過？她沒想到彼此會在早晨的公車裡相遇，當時她一眼就認出了對方，因為那男孩始終沒變，就跟她一樣某些東西永遠留在了十二年前，只是俊義有了妤璇，所以他能把記憶留在過去，但文瀞失去了文怡，所以她被留下了半個靈魂，始終無法獲得解脫。

「這能把妳從過去的陰霾中解放嗎？」俊義在電話裡問道。

文瀞因為久違的悸動而哽咽，讓俊義有些尷尬，透過電話，他實在分不出這女孩是喜極而泣，還是悲從中來。

「文瀞，謝謝妳帶著我走到這一步，如果沒有妳，現在我大概還在家裡等警方消息，一切都是因為有妳，才能讓事情看見希望，這些孩子才得以重見天日。」

「你就沒想過，換作是文怡也能做到嗎？」文瀞說得很用力，讓俊義忍不住笑了。

「文怡大概永遠不會回來這裡吧？擁有堅強內心，且能在各種場合處變不驚的只有妳，許文瀞就是那麼特別的人，所以說我只喜歡跟妳在一起。」

簡單來說是個眼裡只有文瀞的怪胎。

「你這話如果早十二年說該有多好。」

「對不起，雖然我這人很健忘，也明白這些年的傷害無法挽回，但往後的日子，我會用時間彌補彼此逝去的時光，將來不管發生任何事，我都會堅定的陪在妳身邊。」

新聞直播裡的骨骸越挖越多，雖然下半身因為木樁打擊而碎裂，但剩餘的部分被完整的留下來，歷經多年，文怡終於重見天日。

探索山區的記者彼此腰間綁著繩子，以防跌落山谷，但走在中間的攝影大哥累了，忍不住拜託大家停下腳步休息。

他閉眼休息，聽著風聲吹撫葉片，卻隱約聽見了金屬碰撞的聲音，便倏地睜眼，沒想到真的有東西在樹梢間反光，他調整探照燈，發現了一副手銬掛在某人的腰上。

「我找到了！」攝影大哥邊喊邊扛起攝影機拍攝。

呆頭鵝屍體出現在鏡頭裡的那一刻，皓霆終於笑了，這傢伙直到最後一刻都在保護那兩個孩子，真的是最勇敢的蠢貨，也是讓他感到驕傲的後輩。

「隊長，輪到你出場了。」志光輕拍他的肩膀說：「今天所有的一切都是你們爭取來的。」

皓霆穿越人群，腳步也越走越快，當他來到攝影團隊中央時，主播便熱情地向觀眾介紹。

「這位英勇的偵查隊長，這些年來都在調查打生樁的案件，但礙於元樁建設的重重阻擋，始終無法把證據帶到大家面前，如今撥雲見日，他功不可沒，讓我們有請偵查隊隊長張皓霆，來為我們說幾句話。」主播說完便將麥克風遞給皓霆，他接過後訕訕地清喉嚨。

「正如大家所見，元樁建設始終都在做打生樁，曾經失蹤的那些孩童，都成為了木樁下的亡魂。」

「但就是因為這樣，房子才蓋得起來不是嗎？」有民眾舉手發問。

「也許你說的沒錯，但你願意用自己最重要的家人，去換一條你平時根本不常經過的海堤嗎？」那位民眾原本想說什麼，卻被皓霆強制打斷：「換我才不要，誰管這房子蓋不蓋得起來，我只管家人能不能平安順利的長大，然後幹下這一切的元椿建設，在海樹國小附近有了新工地，就在山腳下而已，他們又綁了新的男女童要進行打生樁。」

畫面一轉，俊義出現在了大家的手機螢幕上，在看直播的母親頓時嚇得目瞪口呆，這下她終於知道兒子電話始終關機的原因了。

第五章

埋葬

（一）

妤璇神情恍惚地睜開眼，她可以感覺到身後還有其他人在打盹，但不論怎麼搖晃對方都沒醒來。她們身處在擁擠的空間，牆壁有道裂縫透著微光，看出去像是在某人房間，有床有桌椅，但因為很像學校宿舍，所以根本沒任何辨識度。

突然有隻眼睛透過裂縫看進來，所幸妤璇嘴巴被膠帶封住，才沒放聲尖叫，那眼睛佈滿血絲，活像個許久沒睡好的人，而那略微半透明的樣子，讓妤璇很快就確認了對方並非活人。

對方轉身走遠後，妤璇才發現那是經常看見的古裝亡靈，而且數量很多，使她身體極度難受，一股噁心感油然而生，但所有的不適感，都在聽到外頭傳來熟悉的聲音後褪去，她著急地撐起被綑綁的雙腿甩向牆壁，製造劇烈聲響，希望哥哥能夠聽見。

（二）

（六月十二日，晚上十點三十五分）

「各位觀眾，這裡是特派記者盧……卡斯，我現在位於元椿建設山腳下的最新工地，我將在這裡找出失蹤的男女童，同時誠摯地邀請翩木鎮的各位與我一起進來找，願意幫忙的人請不要吝嗇，直接翻進來就對了！」

俊義手持志光給的直播用手機，從工地圍籬一躍而下，在這茫茫霧海之中，每步都相當危險，但這正合他意，因為大霧成了天然的屏障，可以在直播裡隱藏他的位置，讓建商更加慌亂。

俊義還記得之前呆頭鵝說的路線指示，以及回程時文瀞帶的路，所以他可以快速避開中央大坑以及辦公室，直接往沒去過的地方調查。

大燈自圍籬打下，頓時讓霧氣變得更難看穿，以至於他煞車不及撞上了堆放的建材，直播前的人們因此跟著他發出驚呼。俊義抹去鼻血後，速度也沒有放慢，因為放慢腳步會增加位置被解讀的可能，被抓的機率也會隨之提高，直播最大的好處也是避免行蹤敗露時被處理掉，在大眾的目光下建商只能勸離。

俊義聽到前方有兩個滿嘴髒話的人跑來，便側身躲到某棟拼裝屋後面，將麥克風關上並將鏡頭朝向地板，待兩人走遠後他重新打開麥克風，將鏡頭對準眼前的拼裝屋打量著，這是兩層樓的臨時房屋，明顯就不是工地倉庫。

他繼續前進，直到倉庫出現在眼前，他便趕緊來到窗前窺探，但裡面除了滿滿的雜物外根本沒有人在，讓他有些嘔氣。

「你就是盧俊義對吧？」他聽到身旁有低沉的嗓音傳來，轉頭便看見記憶中寬面大耳的老男人神情不悅地說：「你這是私闖知道嗎？」

「元椿董事長，終於見到你了，既然你都特地露臉了。」俊義將手機拍向對方說：「麻煩你跟觀眾們打聲招呼。」

「我是來把你趕出去的。」

「真巧，我也是來把你趕出翩木鎮的。」

「年輕人總覺得世界不能拿你們怎麼辦，所以才會變得無法無天，但其實我們都遵循著相同的規範與原則，沒有人有義務要體諒你。」

「無法無天跟倚老賣老，我只能選無法無天囉。」

說完俊義便朝對方衝去，董事長老了不太可能打架，因此下意識地倒退，俊義也沒有如預期的揮拳，而是像平時打棒球跑壘那樣滑行，順手拉下董事長的西裝褲，裡頭的黃龍四角褲頓時放送到了全臺各地，俊義邊拍邊笑，最後趁支援抵達前趕緊逃走了。

這下文瀞終於知道他平時是如何惹火主任的，這遠比傳聞中要頑劣太多了吧？

「你這個——」董事長急忙地提起褲子，並用無線電質問道：「你們都去哪裡了？為什麼沒人過來幫忙？」

「董事長，不是我們不過去，是外面的狀況很嚴重。」

工地外聚集了大批民眾，大家都趕到了圍籬外阻止民眾闖入，就連工地大門都聚集了各大媒體，王法師西裝筆挺地在門口發表聲明，祕書也在後門慌亂地做各種解釋。

此時局長調派的快打部隊前來支援，手持盾牌的員警朝著民眾叫囂，辣椒水跟警棍嚇得記者們紛紛回避，但居民的憤怒也因此被激到最高點，在外跟警方發生肢體衝突。

俊義離開倉庫後不知道該從何找起，此時口袋裡跟資訊室伙伴借的電話響起，接起來發現是文瀞打來的。

「傻瓜，快點回頭。」

「妳是說倉庫嗎？」

「當然不是，是更早之前那間，有兩層樓的拼裝屋。」

「為什麼？那裡有什麼特別的嗎？」俊義疑惑的語氣，讓文瀞長嘆了一口氣。

「如果你是建商，企圖在空曠的工地裡藏匿孩童，那何處有最多隔間可以混淆視聽？」直播裡的俊義還是滿臉不解，文瀞只好接著說：「那是間工人宿舍，你忘了嗎？前天呆頭鵝才說過。」

「宿舍……」

俊義趕緊回頭，路過倉庫時董事長還在那邊講無線電，因此俊義又再次滑壘，拉下對方的褲子逃跑，氣得老人家拼命追上來，如果董事長在年輕個二十歲的話，俊義應該很快就會被追上，但現在的董事長哪跑得贏？他很快就累得上氣不接下氣，只能憤恨地對俊義的背影怒吼。

俊義回到工人宿舍後，也累得必須靠牆休息，聽著遠方群眾的衝突聲越來越激烈，心想自己有足夠的時間可以慢慢找。

「各位觀眾，我們回到了工人宿舍，我猜元椿進行打生樁時，都會叫營造所的工人們讓出工地，所以現在裡面應該沒人才對。」俊義的呼吸平穩不少後，打起精神地說：「好！一間一間找──」

宿舍突然傳出劇烈的撞擊聲響，俊義趕緊循聲來到二樓右側盡頭的房間，裡面寢具完整且平凡，唯一不同的是牆面有張奇怪的大海報，他走上前將海報扯下，發現後面竟然有扇鐵製的拉門，碰撞聲也因為他的到來變得更激烈，整扇門都在震動。

「盧先生，不好意思，要麻煩你離開。」

抽空前來支援的高階主管從後架住俊義，將他拉到房間外面，但他不可能乖乖就範，往後踢向對方小腿後，轉過頭跟對方扭打在一塊。

「手機給我。」高階主管吼道：「給我！」

俊義因為缺一隻手打架，情勢變得有些不妙，便奮力用頭衝撞對方，趁其防備時往從口袋拿出辣椒水攻擊，文瀞說得對，不管男女都值得來一罐。

「你這卑鄙小人！」

高階主管痛得大吼，俊義也不費吹灰之力地將對方踹倒在地，接著回到房間裡，將牆壁上的拉門打開。

那一晚，他揭開了這座城鎮的黑暗面，將和平的假象給打破，讓這埋葬了十二年的祕密有了結局。外頭的群眾激昂地歡呼著，看直播的人們在螢幕前叫好，在娘家的母親則是差點昏過去，絲毫沒想到大家在找的女童居然就是好璇。

俊義撕開好璇嘴上的膠布，並將繩子解開後，激動地跟妹妹抱在一起，文瀞放心地露出燦爛笑容，讓一旁的院長相當欣慰，皓霆興奮地勾著志光的肩膀，與眾人一起歡呼吶喊。

「哥哥，我肚子好餓……」好璇傻乎乎地抱怨道。

「想吃什麼都可以，我都買給妳。」

而後，俊義一手撐著妹妹，一手抱著昏睡中的男童，在眾人的歡呼聲中走出了工地。

(三)

「這是臺灣史上最黑暗的一天，你這標題確定不是從加拿大新聞偷來的嗎？」主編笑道，志光則故作不懂地聳肩，「算了，你最近還有追其他案子嗎？」

「怎麼可能沒有，況且新的建設公司就要崛起了，不覺得他們如果有弊案會很有趣嗎？」

「難道你知道些什麼了嗎？」主編疑惑，但志光只是淡笑。

「你覺得人的慾望會有終止的一天嗎？馬鄰地可是無法解決的呢。」

志光意味深長地說道，主編則理解地露出苦笑。

找回妤璇的那晚，俊義到了警局裡做筆錄，妤璇在女警的關照下狂吃猛喝，該說她體力過盛嗎？相比送醫治療的男童，這丫頭簡直是生龍活虎，還厚臉皮地跟女警拼命點餐，吃完炸雞換甜點，喝完飲料還要續杯，估計把她活埋了都有能耐爬出來吧？

跟親戚借車飆回來的母親趕到警局後，狠狠地拉俊義的耳朵到旁邊破口大罵，皓霆看了趕緊上前勸說，卻跟著掃到颱風尾，但害她的孩子們陷入危險的確是警方的問題，因此他也只能站在原地挨罵。

「總之沒事就好，不要什麼都不說啊……」罵完人後母親激動地抱著俊義。

「對不起，我只是不想讓妳擔心……」

「你不說我更擔心！」母親又捏起他的耳朵，痛得他拼命哀號。

文湃的父親抵達醫院時，她正在睡覺，那晚文怡久違地出現在了夢裡，妹妹如過往那般地講了許多笑話想逗她開心，但始終沒能成功，而她也有很多話想跟妹妹說，卻想不起來自己打算說什麼。

當她終於想起要說的話時，文怡突然伸出手指，勾起她的嘴角說道：「我果然還是辦不到，但姐姐要記得多笑，才不會被討厭喔。」

醒來時她已經被轉到普通病房，外頭天色已亮，霧氣也隨著工地被查封逐漸淡去，病房裡，院長就睡在旁邊的躺椅上，俊義則是趴在病床邊發出微微鼾聲。

文湃摸著俊義的臉，戳揉他油膩的短髮，猜想他昨晚沒回家打理就趕來，便忍不住笑了起來。

「醒啦？」父親拿著蛋餅站在房門口，嚇得她趕緊收起笑容，「這世上還真的只有這小鬼能逗妳笑，想到就讓人火大。」

「我會中槍是因為——」

「他昨天一到醫院就對我磕頭下跪，講了超多不知道啥玩意，都糊在一起所以我聽不懂，湃湃，我不會干涉妳的生活，但如果跟著這男孩會遇到危險，我還是希望妳別跟他靠太近比較好。」

「那不一樣……」

「中彈是事實。」父親強硬的態度讓文湃感到不安，父親卻在嘆了一口氣後，打開蛋餅盒子來到她面前說：「但我喜歡看到妳笑的樣子，答應我，以後不管發生什麼事，都要跟我說一聲好嗎？」

「對不起……」

父親夾起蛋餅來餵她，於此同時她注意到俊義已經醒了，正滿頭大汗地偷聽他們談話，翩木鎮的早晨總是相當濕冷，小時候她非常厭惡這種感覺，現在則變得很喜歡。

元椿的高層被逮捕時，憤怒的民眾沿路追打，隨著翩孿宮、回收廠的地下室、以及寶慶娛樂的育幼院黑幕曝光後，元椿總部在某日被黑衣人持棍棒砸店，許多窗戶也都被石頭砸破。

翩海分局的局長也被迫得要給說法，但因為實在無法解釋便主動請辭下臺，民眾理所當然不放他走，偏偏局長跑得快，請辭的當天便立刻南下跑路，據傳他逃到了高雄，當地居民便嘗試去找人，卻始終沒能找到。

董事長開庭審理在兩個月後，依他的能力要全身而退並不是問題，重點是出去公司也沒了，還有大批民眾隨時在堵人，因此有傳聞董事長打算去坐牢避險，但也不知道是真是假，就連皓霆也不清楚。

海岸邊的小廟聚集了許多人獻花，翩木鎮其他有石碑的地方也陸續出現，身為主殿的翩孿宮也被查封，至於其他被單獨埋在土裡或牆內轉風水的，至今仍然下落不明，雖然要追查這些石碑屬於誰很有難度，但至少那些家長們知道孩子去了哪裡，也知道該去何處悼念。

至於副隊長，他在直播當晚於皓霆桌上留下一包菸後，從此消失不見，皓霆為此到處找他，住處、常去的酒店、以及任何他提過的地方都無法找到，詢問鄰居也沒人看到他去了哪裡，直到他闖進副隊長家中找人，才發現大門非但沒有上鎖，就連副隊長的錢包、證件跟手機都被放在了客廳桌上。

皓霆直覺不妙，立刻開車來到海邊，卻沒能在這找到任何副隊長的跡象，後來他聯繫海巡署協助搜索，也始終沒在外海找到屍體。

這幾天，皓霆只要想起他，就會到常去的酒店小酌，但他會刻意避開以往常坐的雙人位，以避免自己在酒店裡哭成淚人兒。

寶慶娛樂被查封後，青芳在域銘建設的掩護下恢復自由，並於兩週後順利帶走自己的兒子，接下來她打算前往屏東討生活，離開的那天還特地到警局找皓霆，可惜當時他剛好不在，便拜託其他同仁轉交禮物。

皓霆後來帶著禮物去文瀞家，俊義也不意外地在那照顧文瀞。

「這是男童母親給你們的。」皓霆將兩盒泡芙放在客廳桌上。

「給我們？俊義就算了，她怎麼會知道我呢？」文瀞問道。

「妳不知道喔？最強接線員，大家都是這麼稱呼妳的，雖然妳沒露臉，但妳這麼大方地在電話裡指引俊義方向，大家想不知道妳的存在都難。」

「是嗎。」文瀞理解的很快，讓皓霆覺得有些無趣。

「是說，你們剛剛在聊些什麼？」

「俊義再說眼睛的事情，他說看到妹妹眼睛沒事的時候，既開心又覺得噁心，開心是當然的，噁心是因為他為不知道誰的眼球哭那麼慘喔。」

「我當時真的太慌張了嘛！現在想想也是，怎麼可能隨便挖祭品的眼睛，死了怎麼辦？」

「如果你能一直這麼冷靜，我也不用對你發脾氣了喔。」

「妳早就知道那不是好璇的眼睛了嗎？」文瀞聳肩，並指著泡芙要俊義餵她，俊義將泡芙拿到她面前，卻在她張口時故意拿遠，「老實招來，妳是不是早就知道了？」

「好璇的瞳孔正常情況下看的確是黑色，但在光線照射下會顯現淡棕色，這點我在捏臉時就注意到了，可玻璃罐裡的眼球不論哪個角度看，都是純黑的，所以肯定不是好璇的眼睛喔。」文瀞說完前傾咬了泡芙一口，接著用含糊的語調說：「但你看不出來，我完全不意外呢。」

俊義無力反駁地繼續餵食，皓霆在旁聽得大笑，這兩人就應該要像這樣才對。

呆頭鵝告別式當天，俊義推著坐輪椅的文瀞參加，呆頭鵝的母親見到他們，便趕緊上前關心文瀞的傷勢。

「她已經好轉很多了，還請您別擔心，我們都沒事。」俊義解釋，此時好璇也緩緩地走進來，眼神直勾勾地盯著呆頭鵝的母親，「這是我妹妹，她就是被綁架的女童。」

「原來我兒子拼命找的人就是妳啊！」呆頭鵝母親彎下腰，捏著好璇的臉蛋說：「他真是我的驕傲，不只救了兩個高中生，還有妳這麼可愛的小娃兒，他真的是……」

話沒說完，呆頭鵝母親忍不住抱著好璇痛哭，俊義強忍悲傷的情緒，靜靜地守在一旁，好璇思考了許久，終於還是忍不住開口。

「他還沒走，而且人就在妳旁邊。」好璇的話讓俊義嚇了一跳，不斷用眼神示意妹妹別再說了，但她仍繼續說：「他的表情也很難過，但剛剛聽到自己是妳的驕傲後笑了，這對於鬼來說很少見喔，他們通常都會一直哭。」

「是嗎……」呆頭鵝母親抹去淚水後，欣慰地笑道：「那就好，謝謝妳，讓我能知道他最後一刻的想法。」

俊義對此感到訝異，但看著妹妹驕傲的表情，便又覺得無所謂了。皓霆跟副局長抵達後，向呆頭鵝母親深深鞠躬，但他們還沒多寒暄幾句便入座了。

告別式結束後，眾人目送棺材遠去，陪同的親戚們也開車跟上，準備要開車跟去的皓霆讓俊義他們先回家休息。

「隊長，你真的要離開翩木鎮了嗎？」臨走前俊義忍不住問道。

「別叫我隊長啦！以後就不是了，這畢竟是我違規在先，讓你們加入調查跟陷入危險，還是要有人負責才行，況且我只是離開這裡而已，以後還會是警察，如果有需要，隨時都可以來找我，屏東其實並不遠。」

「一定會的。」俊義跟皓霆握手，「真的很謝謝你，務必要保重。」

「哥哥，我要推姐姐。」妤璇搶過輪椅把手，準備要往前推時卻發現有些吃力。

「妳推得動嗎？」話音剛落，文瀞就用力捶向他的腹部，痛得他趕緊改口：「應該說妳看得到路嗎？姐姐很高喔。」

「看得到，但需要你幫我才行。」

兄妹倆的打鬧引得文瀞發笑，皓霆直到目送三人遠去，才終於鬆了口氣。

「真是群好孩子。」副局長說：「將來肯定大有可為。」

「是啊，他們都很棒呢，但是副局……喔不對，現在應該是局長了。」

「你這些日子怎麼突然副局長、局長這樣的叫，感覺好見外，你還是像之前那樣叫我比較好。」

「那好吧，強哥，其實我有個疑惑已經藏在心裡很久了，我堂弟失蹤的當天，你說自己正在處理交通案件對吧？然後也有隊員幫你做證，但我這人疑心病很重，所以花了很長一段時間套路，終於有個傢伙在喝醉後說你當天其實請假不在。」皓霆的話讓現場異常沉默，唯獨強哥的臉依舊掛著微笑，「強哥，你知道我為什麼會懷疑你嗎？因為知道我當天要帶堂弟逛街的人，只有你。」

「這麼說來，你也是在利用我呢。」

「新的建商上任後，真的就不會再做打生樁了嗎？身為域銘建設的人，你應該多少知道公司的政策吧？你們打算怎麼攻克剩餘的馬鄰地？」

「這問題我保留，現在是你打算怎麼做？去屏東？還是留下來呢？」

強哥的微笑中藏著幾分嚴厲，皓霆瞪著對方，有股衝動想打爛對方的嘴臉，但卻始終沒有那麼做，因為他在這裡的戰役已經結束，沒有戰下去的理由了。

強哥見他不說話，便笑著轉身離開，人們是健忘的，有天打生樁還是會從眾人心裡消失，等到那天到來時，就是域銘建設崛起的開始，因為他們有足夠的時間籌備，等到那時候妤璇也長大了，打生樁會再次被塵封於回憶之中。

很多事情不是努力就能改變，皓霆清楚這點，等到打生樁回來時，他會再次踏上這塊土地嗎？這答案他並不清楚，現在他只希望回歸日常，當個可以飯後小酌的平凡人。

（四）

俊義跟文瀞乘著夕陽，悠閒地在賞海，這幾個月文瀞的槍傷恢復得還不錯，現在已經可以自行走動了，雖然還需要拐杖輔助，但有需要時俊義總會在身邊。

暑假前，校園內有關兩人的事情傳得沸沸揚揚，文瀞不喜歡成為焦點，俊義倒是很享受，變成名人讓他的人緣更好，跑給主任追的日子也在持續，不同的是逃走後都會被文瀞抓回訓導室接受懲罰，兄弟們因此虧他是條忠誠的馬子狗，至於兩人到底怎麼認識的，他則沒認真解釋過。

「能回歸日常真好，妳說是吧？」俊義突如其來的話，讓文瀞有點疑惑，這女孩現在情緒比較多變了，但僅限於兩人獨處時，「我是說，還能這樣一起看海什麼的，這才是我想要的青春。」

「成為校園紅人，又經常被居民認出來，這樣的青春稱不上是平凡喔。」

「難道妳不開心嗎？」

「你是指經常有女生找你去夜唱這件事嗎？我沒有生氣喔。」

「對不起……」俊義有些尷尬地撓頭，「今天要不要去看妳媽媽？」

文瀞沒有回應，雖然這些日子俊義經常陪她去療養院，但要化解那些過往心結，不是一、兩個月可以解決的，至少現在文瀞不會那麼抗拒了，雖說也不會答應就是了，所以俊義從不勉強她。

「那我們開學那天去看她，好嗎？」俊義安撫道，文瀞這才心不甘情不願地點頭，「對了，我還是很疑惑，當年妳到底怎麼找到我的啊？」

「找到你？」

「就十二年前啊！妳到底如何在那麼大的海邊找到我的？喔！我知道了！跟蹤園長對不對！」

「我是跟蹤園長來到海邊沒錯，但後來被園長發現，所以他直接把我帶回幼兒園了喔。」文澥的話讓俊義有些震驚，「我應該沒說過自己有找到你吧？」

「但我差點被淹死的時候，明明……」

他腦袋突然痛了一下，意識頓時變得朦朧，琮輝因為始終沒將他扔下海，所以讓他逮到機會抽走對方腰上的刀反擊，接著他連滾帶爬地要逃出工地，不料卻撞見了打生樁的現場，又因為被工人發現而自己摔下海。

接下來的事情就跟夢裡看見的一樣，他被捲入深海時，有兩個嬌小身影朝他伸手，但在接觸的瞬間，腦袋被刺骨的惡寒給凍昏，待他回過神時已經被沖上海邊的大石，但他因為溺水而感到呼吸困難，此時眼角餘光看見有個人站在身旁。

擁有跟文澥相同外貌與黑直髮的女孩蹲下身子，用手在胸前畫圈示意他慢慢呼吸，他照做後呼吸總算調整回來，胸膛也順暢許多。

女孩伸手好似要拉他一把，但卻在接觸前收手，俊義則從對方冷淡的態度，猜這人是好久不見的「欸」。

「欸，我找了妳好久，妳終於願意出現了。」對方沒有理睬，只是站起身來轉頭就走，俊義驚得趕緊跟上，「妳要去哪裡？」

對方依然沒有回應，只是順著岩石緩慢爬上海岸，雖然俊義早已習慣她這般冷漠，但總覺得她的模樣有些古怪，且似乎因為霧氣濃厚的緣故，使「欸」的身影有些模糊。

他追著對方的背影爬上去後，女孩便在前方停下腳步，用手指著地上的原木，眼神似乎透露著些許期盼。

「妳帶我來這裡做什麼？」俊義不解地四處張望，緊張地說道：「我們應該要趕快跑才對。」

當他再次看向對方時，女孩已經消失，不論怎麼叫喊都沒人回應，孤獨感頓時填滿內心，讓他恐懼地在海邊奔跑，也許是意外，也或許是誰指引了方向，他成功離開了海邊，最終因為體力不支昏倒在路旁。

「俊義，你還好嗎？」文瀞擔憂地問道：「是不是哪裡不舒服？」

「我……沒事。」俊義回過神後說：「對了，下週就是暑假的最後一個禮拜了，要不要一起去臺北玩？」

「可以喔。」文瀞在他耳邊悄悄地說道：「民宿分房很貴，一起住吧，但不要讓我爸知道喔。」

兩人相視而笑，夕陽正逐漸西下，俊義決定將所有事情拋在腦後，專注在當下的平凡幸福，沒有打生椿存在的此刻，便是他們人生新的開始。

當晚，翩木鎮的拘留所裡，距離元椿高層開庭審理已經不遠，王法師透過小窗戶觀測星象，隨後皺起眉頭，感覺有什麼麻煩的選擇要發生了，沒多久掛著慈祥微笑的強哥進到拘留間，來到他的面前行禮。

「王法師，久仰大名，相信你很清楚，檢方掌握了你作為打生樁儀式法師的所有證據，包含你提議元樁建設增設育幼院選才的事情，這足以讓你坐很多年的牢。」強哥說。

「沒什麼好說的，這都是命數。」

「那你的命數有說今晚是轉機嗎？那座工地五年後會由域銘建設重新啟動，到時我們仍需要克服馬鄰地的高手，只要你同意協助，我們就有能耐讓你只蹲五年的牢。」

「明知道這是現在最忌諱的事情，你們也是要幹嗎？」

「如果你能提出更有效的方法，我們就考慮不用打生樁。」

「目前沒有，打生樁仍是最直接有效的方案，但是——」

「王法師。」強哥蹲下身子，用威脅的語氣說：「你知道自己有可能變成無期徒刑，而且還無法緩刑的吧？獄中的大哥特別喜歡虐殺兒童的那類罪犯，我會把你關在滿是這種人的監獄，然後你會希望一死了之，但你知道，我不會讓你死得那麼容易。」

王法師沒有回答，只是望著強哥，看著對方虛情假意的笑臉下，隱藏的恐怖本性，以及身後無數跟著他，滿是怨念的冤魂。

「好好想想，但你所剩的時間不多囉！」

說完強哥便離去，那天王法師打坐整晚後倏地睜開眼，看著晨曦升起的天空，露出愉悅的笑容。

全書完

釀冒險71　PG2918

打生樁

作　　者　夜川霖
責任編輯　石書豪、劉芮瑜
圖文排版　黃莉珊
封面繪圖　紀　尋
封面設計　吳咏潔

出版策劃　釀出版
製作發行　秀威資訊科技股份有限公司
114 台北市內湖區瑞光路76巷65號1樓
電話：+886-2-2796-3638　傳真：+886-2-2796-1377
服務信箱：service@showwe.com.tw
http://www.showwe.com.tw
郵政劃撥　19563868　戶名：秀威資訊科技股份有限公司
展售門市　國家書店【松江門市】
104 台北市中山區松江路209號1樓
電話：+886-2-2518-0207　傳真：+886-2-2518-0778
網路訂購　秀威網路書店：https://store.showwe.tw
國家網路書店：https://www.govbooks.com.tw
法律顧問　毛國樑　律師
總 經 銷　聯合發行股份有限公司
231新北市新店區寶橋路235巷6弄6號4F
電話：+886-2-2917-8022　傳真：+886-2-2915-6275

出版日期　2023年05月　BOD一版
2023年12月　BOD二版
定　　價　320元

讀者回函卡

Printed in Taiwan

國家圖書館出版品預行編目

打生樁 / 夜川霖著. -- 一版. -- 臺北市：釀出
版, 2023.05
面； 公分. -- (釀冒險；71)
BOD版
ISBN 978-986-445-796-0(平裝)

863.57 112004082